중학생 독후감 세계문학 61

중학생이 보는

NIKOLAI VASILIEVITCH GOGOL

외투

고골리 지음 | 동완(전 고려대 교수)
성낙수(한국교원대 교수) · 임현옥(부여여고 교사) · 이승후(경주 감포중 교사) 엮음

좋은 책 좋은 독자를 만드는—
(주)신원문화사

더 이상 언급할 필요도 없지만 요즘은 독서의 중요성이 더욱 강조되는 시대입니다. 첨단과학으로 이루어진 대중매체 덕분에 눈으로 읽는 것보다는 말초신경을 자극하는 동영상 쪽으로 관심이 모아지는 데 대한 우려 때문일 것입니다. 꿈과 희망을 가지고 자라나는 학생들에게는 올바른 사고력과 분별력을 키워주어야 합니다. 그런 점에서 다른 사람들의 생각과 철학, 인생관과 세계관이 들어 있는 명작들을 많이 읽는 것이야말로 바람직한 학습 효과를 거둘 수 있는 지름길이라 생각합니다.

명작은 오랜 세월에 걸쳐 많은 사람들이 읽고 크게 감동을 받은 인정된 작품들로서, 청소년들의 삶에 지침이 되어 주고 인생관에 변화를 주게 될 것입니다.

이번에 중학생들에게 꼭 읽히고 싶은 명작들을 선정하여, 작품을 바르게 감상하고 독후감을 쓰는 데 도움을 주고자 이 시리즈를 기획하게 되었습니다. 작품들은 동서고금에 걸쳐 객관적으로 인정받은, 훌륭한 대상만을 선정하였습니다. 그리고 책의 구성을 다음과 같이 하여, 읽고 쓰는 데 도움이 되도록 하였습니다.

하나, 삶에 대한 지혜와 용기를 주고 중학생이라면 꼭 읽어야 할 명작만을 골랐습니다.

둘, 명작을 읽고 난 후의 솔직한 느낌을 논리적·체계적으로 쓸 수 있도록 중학생들의 독후감 작성에 따르는 부담을 덜어 주도록 구성하였습니다.

셋, 작품 알고 들어가기, 내용 훑어보기, 작품 분석하기, 등장인물 알기를 통해 작품을 분석하는 힘을 기를 수 있도록 하였습니다.

넷, 작가 들여다보기, 시대와 연관짓기, 작품 토론하기 등을 통해 작가의 일생을 알고 시대의 흐름을 파악하여 상상력과 창의력을 키워 주도록 하였습니다.

다섯, 독후감 예시하기와 독후감 제대로 쓰기에서는 책을 읽는 방법과 독후감 모범답안 실례를 제시함으로써 문장력을 길러주는 한편 독후감 쓰기의 충실한 길라잡이가 되도록 했습니다.

아무쪼록 이 책들이 중학생들의 학습 능력 향상에 큰 도움이 되길 빌어 마지 않습니다.

엮은이 성 낙 수

차 례

작품 알고 들어가기 8

외 투 11

코 67

독후감 길라잡이 117

독후감 제대로 쓰기 141

중학생이 보는

NIKOLAI VASILIEVITCH GOGOL

외투

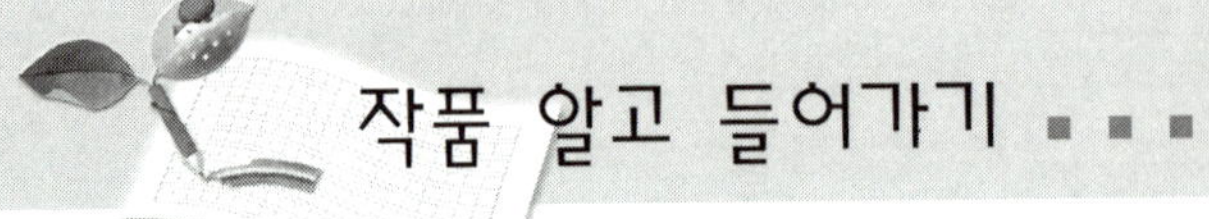

　　고골리는 러시아 풍자 문학의 선구자로서 '러시아 리얼리즘 문학의 완성자'라는 평가를 받고 있답니다. 그의 단편 소설인 〈외투〉는 하급 관리의 비참한 생활을 그려, 당시 러시아가 안고 있던 가난이라는 문제를 처음으로 제기한 작품입니다. 도스토예프스키는 이 소설을 읽고 "우리 모두는 고골리의 〈외투〉로부터 출발한 셈이다"라는 유명한 말을 남기기도 했지요.

　　〈외투〉는 중년이 될 때까지 서류 정리만 직업으로 했기 때문에 다른 재주라고는 하나도 없는 가난한 말단 관리 아카키예비치의 이야기로, 1842년에 발표했습니다.

　　어느 겨울, 주인공은 오랫동안 입은 외투가 다 해져서 할 수 없이 없는 돈을 털어 새 외투를 사 입었는데, 바로 그 다음날 노상강도에게 빼앗깁니다. 그러나 외투를 되찾으려는 주인공의 애타는 노력은 경찰서장이나 관리에게 조롱만 당할 뿐이어서, 이에 절망한 나머지 그는 결국 죽음을 택한답니다.

이 작품은 눈물을 웃음으로 승화한 현실 비판적 묘사로 뒷날 러시아 문학에 큰 영향을 끼쳤으며, 학대받는 인간을 향한 작가의 동정 어린 시선이 깃들어 있지요.

아울러 〈코〉는 1835년에 발표된 것으로, 주인공이 경험한 이상한 체험을 토대로 모순과 부정으로 가득 찬 현실을 사는 인간의 모습을 그렸습니다. 이 소설은 잃어버린 자신의 코가 돌아다니는 모습을 보면서 인간이 느끼는 불안, 공포, 환멸 등을 나타냈습니다.

그럼, 이 두 작품을 통해 고골리의 작품 세계를 자세하게 들여다볼까요?

외투

외 투

관청이라고는 하지만 어떤 관청인지 그 이름은 밝혀 두지 않는 편이 나을 듯하다. 부처나 연대, 사무실 등등 모든 종류의 관료 계급의 사람들처럼 화를 잘 내는 이들도 없다. 더구나 요즈음은 누구나 모르는 사람이 자신의 이야기를 하면 마치 사회 전체가 자기를 모욕하는 것처럼 생각한다.

얼마 전에 일어난 일로, 어느 도시인지 이름은 잘 모르지만, 어느 경찰서장이 상부에 청원서를 냈다. 그는 청원서에서 요즈음에 이르러 법질서가 문란해지고 있으며 경찰서장이라는 자신의 신성한 직함마저 형편없이 가볍게 취급되고 있다고 명백하게 진술했다. 그 증거로 그는 매우 두꺼운 소설책 한 권을 제출했다. 그 책에 십 페이지마다 경찰서장이라는 말이 나올 뿐 아니라 경찰서장이라는 소설 속 인물이 술에 취한 장면도 있다는 것이다.

이처럼 여러 가지 번거로운 일을 피하기 위해 여기서 말하려고 하는 관청은 그대로 관청이라고만 해 두는 편이 나을 것 같다.

그건 그렇고, 어떤 관청에 관리 한 사람이 일을 하고 있다. 관리라고는 하지만 주위 사람들의 시선을 한데 모을 만큼 풍채가 훌륭하지도 못한, 키가 작고 곰보다. 머리털은 붉은 편이며, 눈은 근시이며, 이마는 약간 벗겨진 채였으며, 두 볼에는 주름이 잡혀 있다. 안색도 고질병을 앓는 환자처럼 누렇다. 하지만 이것은 페테르부르크의 날씨 탓으로 돌릴 수밖에 없는 노릇이다.

직급—왜냐하면 러시아에서는 무엇보다 먼저 직급을 밝히는 것이 필요하므로—은 만년 구등관이다. 아시다시피 이 만년 구등관은 작가들에게 천한 대접과 조롱을 받아 온 직급이기도 하다.

이 구등관의 성은 바쉬마치킨이다. 성에서 알 수 있듯이 그것은 바쉬마크—단화—에서 온 말로, 그것이 언제 어느 시대에 와서 성이 되었는지는 아무도 모른다. 그의 아버지나 할아버지, 아니 친척들까지 장화를 신고 다녔으며, 신창을 가는 것은 일 년에 단 세 번뿐이었다.

그의 이름은 아카키 아카키예비치였다. 독자들은 이 이름이 어딘가 기묘하기도 하고, 일부러 만들어 낸 것이 아닌가 생각할지도 모른다. 여기서 분명히 확인해 두는 것이 좋겠는데, 그것은 결코 일부러 그렇게 지은 것이 아니라 자연스럽게 그렇게 되었다. 따라서 다른 이름을 붙일 도리가 없었다. 사정은 다음과 같다.

기억이 틀리지 않다면, 아카키 아카키예비치는 삼월 이십삼 일 밤에 태어났다. 지금은 이 세상을 떠나고 없는 그의 어머니는 대단한 미인이었으며, 관리의 아내였다. 그녀는 관습에 따라 태어난 아기의 세례를 준비했다. 어머니는 문과 마주보고 있는 침대에 누워 있었다.

산모의 오른쪽으로 아기의 대부가 될 사람이 서 있었다. 그는 원로원 과장을 지낸 사람으로, 이름은 이반 이바노비치 예로쉬킨이었다. 한편 대모가 될 사람은 자비심이 매우 많은 전 경찰 서장의 부인이었는데, 그녀의 이름은 아료나 세묘노브나 벨로브류쉬코바이었다.

이 두 사람은 산모에게 '목기'나 '소씨' 아니면 순교자의 이름인 '호즈다자트' 중에 마음에 드는 이름을 하나 고르라고 했다.

'이름이라는 것이 다 그렇고 그런 것이 아닌가.'

어머니는 그렇게 생각했다.

두 사람은 그녀를 납득시키려고 달력의 다른 곳을 펴 보았다. 그 달력에서 '트리피리', '드우라', '바라히시'라는 세 개의 이름이 나왔다.

"무슨 이름이 다 이래요! 그런 이름들은 한 번도 들어보지 못했어요. '바라다'라든가 '바르프'라면 그래도 낫지만 '트리피리', '바라히시'라니요."

늙은 어머니는 이렇게 말했다.

그래서 다시 달력의 다른 장을 넘기자 이번에는 '파론쉬카히' 와 '바흐치시' 라는 이름이 나왔다.

이렇게 해서 지은 이름이 아카키예비치였다. 아기는 영세를 할 때 '왁' 하고 울음을 터트리며 얼굴을 찡그렸다. 그것은 마치 커서 구등관이 되리라는 것을 예감한 듯한 표정이었다. 그의 일상은 이런 식이었다. 이런 옛날 이야기를 들춘 것은 그의 이름은 그에게 필연적인 것으로, 달리 다른 이름을 붙일 수 없었음을 독자 여러분께 알리기 위함이다.

그가 언제 어떻게 해서 그 관청에 근무하기 시작했는지, 누가 그를 임명했는지 어느 누구도 알지 못했다. 장관이나 과장이 바뀌는 일이 있어도 그는 언제나 그 자리에서 그 직급의 똑같은 서기 일을 했다. 따라서 나중에는 그가 세상에 태어날 때부터 제복을 입었으며 대머리인 것은 아니었을까 하고 생각할 정도였다.

이 관청에서 그를 존경하는 사람은 한 명도 없었다. 수위들도 그가 지나갈 때 일어서기는커녕 거들떠보는 일조차 없었다. 보잘것 없는 파리가 지나가는 것처럼 여겼다. 그의 상사들은 위압적인 태도로 그를 대했다. 어떤 상사는 갑자기 그의 턱밑에 서류를 들이밀기까지 했다.

"이걸 정리해 주게." 아니면 "이 일은 잘 처리했네."라든지 그것도 아니면 예의범절에 밝은 다른 관청처럼 흐뭇한 말 한마디도 건

네지 않았다. 아카키 아카키예비치 역시 서류를 잠시 노려볼 뿐 누가 그것을 건넸는지, 그 사람이 자기에게 그 일을 맡길 권리가 있는지조차 생각하지도 않고 받아 정서를 했다.

젊은 관리들은 그를 비웃었다. 그들은 관료 특유의 풍자와 익살을 총동원해서 그의 앞에서 그를 비꼬는 여러 가지 말을 늘어놓곤 했다. 그가 일흔이나 된 하숙집 여주인에게 얻어맞고 지낸다는 소문을 내는가 하면, 언제 장가들 것인지 묻고, 그의 머리 위에 눈이 내린다며 종이 오린 것을 뿌리기도 했다.

그렇지만 아카키 아카키예비치는 이런 행동에 한 마디도 불평을 하지 않았다. 오히려 아무 일도 없다는 태도였다. 그의 일에도 아무런 영향을 미치지 못했다. 그들이 아무리 귀찮게 해도 그는 서류에 글씨 한 자 틀리는 일이 없었다.

"나를 가만히 내버려두세요. 당신들은 왜 나를 괴롭히는 거요?"

더 이상 참을 수 없을 때는 이렇게 혼자 중얼거릴 뿐이었다. 이 말에는 매우 기묘한 데가 있었다. 그것은 애절한 호소가 깃들어 있는 음성이었다.

이 때문에 새로 들어온 어느 젊은 관리는 다른 사람들처럼 그를 골려 주려고 그에게 갔다가 그 분위기에 침에 맞은 듯 마음이 변해 장난을 그만두고 말았다. 그리고 그때부터 젊은 관리 눈에 비치는 세상 모든 것이 이상하게도 전혀 다르게 보였다. 무엇인가 초자연적인 힘이 젊은 관리를 동료들로부터 밀어낸 것 같았다.

아카키 아카키예비치와 만나기 전까지 그 관리는 동료들이 세련되고 교양이 있는 사람들이라고 믿고 교제해 왔다. 그 후에도 오랫동안 유쾌한 시간이 보내다가 갑자기 키가 작고 대머리인 한 관리의 모습이 떠올렸다. 그 대머리 관리의 "나를 가만히 내버려두시오. 왜 나를 괴롭히는 거요?"라는 몸을 찌르는 듯한 말에는 '나도 당신들과 같은 동포요' 라는 의미가 숨어 있었다. 그 다음부터 이 불쌍한 관리는 인간 내부에 얼마나 많은 비인간적인 것들이 있는가를 생각했다.

세련되고 교양이 있는 상류 사회에, 세상 사람들이 훌륭하다고 우러러보는 인물들 내면 속에 숨겨진 잔인한 횡포를 목격할 때마다 손으로 얼굴을 가린 채 몇 번이나 몸을 부들부들 떨어야 했다.

이처럼 자기 일에 정성을 기울이며 살아가는 사람이 그 어디에 있을까? 아카키 아카키예비치를 열심히 일하는 사람이라는 말만으로는 충분히 설명할 수 없다. 그는 정말 애정을 갖고 자신의 일을 대했다.

서류를 정서하는 동안 그의 얼굴에는 흐뭇한 빛이 감돌았다. 그는 몇 개의 글자가 특히 마음에 들었다. 서류를 정서할 때 그 글자가 나타나면 그는 더없이 황홀해졌다. 그때 그는 빙긋 웃거나 눈을 깜박이기도 하고 입을 오물거리기도 했다. 그 얼굴을 보고 있으면 그가 어떤 글자를 쓰고 있는지 한 자 한 자 정확하게 읽을 수 있을 정도였다.

이처럼 열심히 일하는 데에 따른 보상을 받았다면 그는 지금쯤 오등관의 자리에 앉아 있을 것이다. 그러나 지금까지 그렇게 열심히 일하는 동안 그가 얻은 것은, 입이 사나운 동료들이 말하는 것처럼 관리 제복의 단추와 치질뿐이었다.

하기야 그 동안 그에게 배려나 관심을 베푼 사람이 아무도 없었던 것은 아니다. 어느 마음씨 좋은 장관이 그에게 좀더 중요한 일감을 주도록 명령하기도 했다. 그것은 그의 오랜 근무에 따른 보상을 주기 위한 뜻이었다. 그가 새로 맡은 일은 이미 작성된 공문서를 토대로 다른 관청에 보낼 문서를 만드는 일이었다. 하지만 몇 군데 직접 화법을 간접 화법으로 바꾸는 정도로 문장을 고치는 일에 불과했다. 그런데 그것이 그에게는 여간 어려운 일이 아니었다. 그 일 때문에 온몸에 땀에 젖었고, 이마에 솟은 땀을 연신 닦기 바빴다. 마침내 비명까지 지르고 말았다.

"안 됩니다. 저는 서류를 정서하는 것이 더 편합니다."

그때부터 늘 서류를 정서하는 일만 했다. 그는 서류를 정서하는 일밖에 이 세상에 아무것도 없는 것처럼 여겼다.

그는 입고 다니는 옷을 신경 쓰지 않았다. 그의 제복도 다른 사람처럼 처음에는 녹색이었다. 하지만 지금은 적갈색의 가루를 뿌려 놓은 듯이 변해 버렸다.

그는 목이 그다지 긴 편이 아니었다. 그런데 깃이 작고 낮아서 칼라에서 빠져나와 매우 길게 보였다. 그것은 러시아에 와 있는 외국인들이 몇 십 개씩 머리 위에 이고 다니며 파는, 석고로 만든 고양이와도 같았다.

그리고 제복은 언제나 마른 풀잎이나 실밥 같은 것이 붙어 있었다. 게다가 그는 거리를 지나갈 때도 사람들이 창에다 여러 가지 쓰레기를 버릴 때에 맞추어 그 밑을 지나가는 기술까지 있었다. 그가 쓴 모자는 언제나 수박 껍질이나 메론 껍질 따위가 얹혀 있었다. 세상에 태어나서 그는 아직까지 한 번도 거리에서 일어나는 일에 주의를 기울인 적이 없었다.

외투

눈치 빠른 젊은 관리들이라면 언제나 주의를 살펴고 주변에 시선을 기울인다. 저쪽 도로를 지나가는 누군가의 허리띠가 밑으로 쳐진 것도 알아차려서, 그 모습이 곧 웃음거리가 될 정도였다. 하지만 아카키 아카키예비치는 그런 모습을 보고 있어도, 그 위에 깨끗하게 써 놓은 글자만 나타날 뿐이었다.

느닷없이 누군가 어깨 근처로 다가와 콧김이라도 불거나 그의 볼을 때릴 때야 비로소 자기가 정서를 하고 있는 것이 아니라 거리 한복판에 서 있다는 것을 깨닫곤 했다.

집에 돌아가면 그 즉시 식탁에 앉아 수프를 마시고 파를 넣은 고기 한 조각을 먹었다. 그 맛이 어떻든 그는 상관하지 않았다. 파리가 붙어 있든 말든 그대로 삼켜 버렸다. 위장이 팽창하는 것을 의식할 때야 테이블에서 일어나 잉크병을 꺼내 가지고 온 서류를 정서하기 시작한다.

정서할 서류가 없을 때는 취미 삼아 보관해 둔 서류의 사본 한 부를 집에 놓아둔다. 그 서류의 서체가 예뻐서 그렇게 하기보다는 누군가 새로운 사람이거나 높은 자리에 있는 관리한테 올려야 할 서류일 경우 그는 사본을 마련해 두었다.

페테르부르크의 회색빛 하늘이 완전히 어두워지면 관청의 모든 관리들이 자기 봉급에 맞게, 제 나름의 취향에 따라 이것저것 배부른 저녁을 즐긴다. 다들 관청의 펜 긁히는 소리나, 자신과 남을 위해 한 자질구레한 일로부터 벗어나 오락을 즐기기 바쁘다.

이럴 때 생각이 빠른 친구들은 극장에라도 가고, 더러는 빈둥빈둥 거리로 나가 새로 나온 모자 따위를 구경하기도 한다. 파티에 나가서 말단 관리들의 우상인, 깜찍하게 생긴 아가씨들 곁을 알짱거리기도 한다.

이와 같은 패들이 제일 많기는 하지만, 대부분은 사 층 아니면 삼 층에 살고 있는 동료의 집에 하릴없이 놀러 간다. 거기에는 깔끔한 방 두 칸과 부엌 아니면 응접실이 붙어 있고 램프나 기타 장식품들이 놓여 있다. 그 물품은 모두 점심을 거르거나 놀러 가지 않는 등 고생해서 모은 돈으로 사들인 것들이다.

이럴 때면 그들은 방에서 트럼프 놀이에 열중하고, 과자를 먹거나 차를 마시기도 하고, 담배를 피워 물기도 한다. 카드를 나누어 주는 동안에 상류 사회의 사람들은 이런저런 이야기들을 늘어놓는다. 특별한 화제가 없을 때는 피터 대제 기념 동상의 말꼬리가 떨어져 나갔다는 둥 언제나 똑같은 얘기를 되풀이한다.

한 마디로 말해 이 시간이 되면 모든 사람이 제 나름의 재미를 보기 마련이다. 그런데 이런 때도 아카키 아카키예비치는 아무런 흥미거리를 찾지 않았다. 그가 파티에 나가는 것을 보았다는 사람은 하나도 없었다. 정서를 마치면 내일도 하느님께서 정서할 수 있는 일을 주시겠거니 벌써 내일 일을 생각하고 벙글벙글 웃으며 잠자리에 드는 것이다.

한 해에 사백 루블 급료를 타는 자신의 운명에 만족하는 이 사나이의 평화로운 생활은 이렇게 흘러갔다. 그리고 인생에서 부딪칠 수 있는 여러 가지 불행이 여기저기서 닥쳐오지만 않았다면 노년이 될 때까지 이런 생활이 계속 되었을지도 몰랐다. 그것은 이 구등관에게만 국한되는 이야기는 아니다. 삼등관, 칠등관, 아니 모든 관등을 가진 관리의 경우에 해당하며, 누구에게나 조언을 하지도 않고 받지도 않는 사람의 경우에도 해당할 것이다.

페테르부르크에서 연봉 사백 루블이나 그와 비슷한 액수를 받는 이들이 무서워하는 적이 하나 있다. 그것은 얼어붙을 듯한 추위다. 하기야 추위가 건강에는 좋다는 사람도 있다.

아침 여덟 시가 조금 지나면 거리는 직장으로 나가는 사람들로 가득 차서 붐비기 마련인데, 이 시각이면 차디찬 한기가 용서 없이 코를 찔러 가난한 이들은 별 수 없이 쩔쩔맨다. 높은 자리에 있는 양반이라도 이런 추위에는 머리가 멍하고 눈에서는 눈물이 배어

나온다. 가난한 구등관쯤 되고 보면 어떻게 몸을 지켜야 할지 모르는 것이 당연하다.

방법은 오직 얄팍한 외투를 입고 되도록 빨리 골목 사이를 빠져나가 관청의 수위실로 뛰어드는 것뿐이다. 발과 얼어붙은 몸을 녹여서 다시 일을 할 수 있을 때까지 그곳에서 충분한 제자리걸음이라도 해야 한다.

아카키 아카키예비치 역시 되도록 빠른 속도로 정해진 거리를 달음질쳐 가려고 했지만 조금 전부터 등과 어깨가 유난히 아파 오는 것을 느꼈다. 이윽고 그는 그것이 외투 탓은 아닐까 생각하기에 이르렀다. 결국 집에 돌아와서 외투를 자세히 보았더니 어깨와 등의 두 세 군데가 해졌다는 것을 알았다. 옷감이 심하게 닳아서 속이 들여다보일 정도였고, 안감은 여기저기 찢어졌다.

아카키 아카키예비치의 외투 역시 동료들이 비웃는 대상이 되어 있다는 것도 알아두지 않으면 안 된다. 그것은 '외투'라는 훌륭한 이름은 잃은 채 '싸개'라는 이름으로 전락했다.

깃은 해가 지나감에 따라 점점 작아지고 있었다. 그도 그럴 것이 깃을 끊어 다른 해진 데를 기운 것이다. 깁기는 기웠는데 잘못 기웠는지 마치 자루처럼 볼꼴이 사나운 모양이 되었다. 외투가 해진 것을 안 아카키 아카키예비치는 외투를 페트로비치에게 가져가야 겠다고 생각했다.

페트로비치는 어두운 계단을 올라가야만 하는 사 층 집 한켠에 살고 있었다. 애꾸눈에다 얼굴에는 온통 곰보 자국이 널린 사람이었지만 관리들과 기타 모든 부류의 사람들이 맡긴 바지와 윗도리를 꽤 훌륭하게 수선했다.

물론 그것은 이 사람이 술을 마시지 않고 머릿속에도 무슨 음모 같은 것이 싹트지 않을 때의 말이다. 이 양복 수리하는 사람을 언급할 필요는 없지만, 소설에 나오는 인물의 성격만은 분명히 밝히는 것이 원칙이므로 여기서도 페트로비치에 대한 얘기를 잠깐 해야 하겠다.

원래 그는 그리고리라고 불렸으며, 어느 지주의 농노였다. 페트로비치라고 부르게 된 것은 농노 해방으로 자유의 몸이 되었을 때부터였고, 그때부터 그는 명절날만 돌아오면 언제나 술을 진탕 마시는 버릇이 생겼다. 처음에는 큰 명절 때에만 술을 마시던 것이 나중에는 이런 저런 것 가리지 않고 달력에 십자가가 그려진 날이면 빠지지 않고 마셨다.

그는 조상으로부터 물려받은 기질 때문에 마누라와 으르렁대며 늘 이년, 저년, 죽일년 하고 욕지거리를 했다. 그의 마누라 애기가 나왔으니 몇 마디쯤 해야겠다. 하지만 섭섭하게도 그녀의 신상은 별로 알려진 것이 없다. 그의 마누라가 언제나 머릿수건 대신 모자를 쓰고 다닌다는 정도였다. 적어도 그녀를 보고 수염을 움직여 보거나 이상한 소리를 지르고 모자 아래 있는 얼굴을 들여다보는 것은 고작해야 근위병뿐이니.

페트로비치가 사는 집 뒷계단은 더러운 물로 질퍽거렸다. 모든 페테르부르크 집들 뒷켠 계단에서 나기 마련인, 눈을 찌를 듯이 독한 알코올 냄새가 배어 있었다.

아카키 아카키예비치는 그 계단을 올라가면서 벌써부터 페트로비치가 턱없이 부를 수선비를 이리저리 생각해 보고 이 루블 이상은 절대로 내지 않겠다고 결심했다. 문은 활짝 열려 있었다. 왜냐하면 부인이 생선인가를 굽고 있어서 부엌 가득히 연기가 찼기 때문이다.

아카키 아카키예비치는 부인 몰래 부엌을 빠져나와 가까스로 페트로비치가 있는 작업실로 들어갔다. 마침 페트로비치는 나무로 만든 작업대 위에 터키 왕이나 된 것처럼 턱을 괴고 앉아 있었다. 두 발은 맨발인 채였다.

엄지손가락이 눈에 띄었다. 그것은 아카키 아카키예비치가 잘 알고 있는, 손톱의 반이 달아난 손가락으로, 거북의 등처럼 두껍고 굳었다. 페트로비치의 목에는 명주실과 무명실로 만든 목걸이가 걸려 있었다. 그리고 양쪽 무릎에는 헌옷 같은 무엇인가를 걸치고 있었다. 그는 벌써 삼 분 동안이나 바늘 눈에 실을 꿰려고 했지만 들어가지 않아서 방이 어둡다는 둥 바늘 때문이라는 둥 투덜대고 있던 참이었다.

"정말 안 들어가네. 제기랄, 약 좀 올리지 마!"

아카키 아카키예비치는 페트로비치가 화를 내고 있을 때 찾아간 것을 후회했다. 그는 페트로비치가 어느 정도 취해 있을 때거나 아니면 마누라 말대로 '애꾸눈 새끼가 싸구려 보드카에 취해 있을 때'는 언제나 기분 좋게 수선비를 깎아 주며 이쪽의 말을 들어 주거나 머리를 굽신거리며 고마워했다. 하기야 그 다음은 마누라가 찾아와서 우는 얼굴로 남편이 취한 김에 너무 싸게 일감을 맡았다고 호소하기도 했지만. 그럴 때는 십 코페이카를 더 얹어 주면 군말 없이 일은 해결됐다.

그런데 지금 페트로비치의 얼굴은 술 한 방울도 마신 흔적이 없다. 그러니 기분이 좋지 않을 테니 얘기하기도 거북했다. 그가 얼마를 부를지 모른다. 아카키 아카키예비치는 그런 상황을 살피고 흔히 그럴 때 그러는 것처럼 뒤에 다시 들릴 생각을 했지만 때는 늦었다. 페트로비치는 그 한쪽 눈을 감고 뚫어질 듯이 그를 노려보았다. 아카키 아카키예비치는 자기도 모르게,

"안녕하신가, 페트로비치?"

인사말을 꺼내 버렸다.

"나으리, 안녕하세요?"

페트로비치는 말하면서 아카키 아카키예비치의 손을 곁눈질로 보았다. 어떤 돈벌이 일감을 들고 왔나 확인하려는 것이다.

"내가 찾아온 것은 저……."

아카키 아카키예비치는 무엇인가 설명할 때는 대개 전치사나 부사를 아무 뜻도 없이 쓰는 버릇이 있었다. 혹시 이야기하는 것이

귀찮아지면 그는 말을 끝까지 다 하지 않는 경우도 있다. 그래서,

"그것은, 정말, 저!"

이런 식으로 얘기를 시작해서 그 뒤를 전혀 잇지도 않은 채 자기 할 얘기를 다한 것처럼 생각하는지 그만 말을 하는 것을 잊어버리는 일이 많았다.

"무슨 일이시죠?"

페트로비치는 말했다. 동시에 하나밖에 없는 눈으로 깃, 소매, 등, 단추 구멍 할 것 없이 그의 제복 구석구석을 살펴보았다. 그 제복의 모든 부분을 샅샅이 알고 있는 그였다. 그도 그럴 것이 이 옷은 그가 지은 것이었다. 양복을 만드는 사람의 습관으로, 사람을 만났을 때 맨 먼저 이렇게 한다.

"아니, 실은, 저, 페트로비치…… 이 외투의 나사가…… 그래 보이지? 다른 데는 다 괜찮은데 약간 먼지가 쓰여서 헐어 보이기는 하지만 이것은 새것이란 말이야. 그저 여기 한 군데가 조금 저…… 등하고 그리고 그 어깨 근처가 한 군데, 약간 녹아 버렸을 뿐이야. 거기다가 이쪽 어깨도 조금쯤…… 알겠지? 그게 전부야. 대단한 일감은 아닌데……."

페트로비치는 이 싸개라고 부르는 외투를 테이블 위에 펼쳐 놓고는 한참 동안 들여다보았다. 그러다가 머리를 설레설레 흔들더니 창 쪽으로 손을 뻗어 둥근 담배통을 잡아당기려고 했다. 거기에는 어떤 장군의 초상화가 붙어 있었는데, 어느 장군인지는 알 수가

없었다. 왜냐하면 얼굴이 있는 부분에 손가락으로 구멍을 내고 그 뒤에 네모난 종이를 붙였기 때문이다.

페트로비치는 코담배를 한 모금 들이마시더니 싸개를 양손으로 펴 들고 그것을 밝은 곳에 대고 비쳐 보았다. 그리고 또 한 번 고개를 저었다. 한번 더 종이 조각을 붙인 장군의 그림이 있는 뚜껑을 열더니 담배를 한쪽 콧속에 넣은 다음 뚜껑을 닫고 담배통을 치웠다. 그리고 마침내 이렇게 말했다.

"수선할 수가 없겠는데요. 외투가 너무 낡았군요."

아카키 아카키예비치는 이 말을 듣고 심장이 두근거렸다.

"왜 안 된다는 말인가, 페트로비치?"

그는 마치 어린애처럼 호소하듯이 물었다.

"이건 어깨 닿는 데가 약간 닳은 정도 아닌가. 그런 부분에 댈 만한 헝겊이 있을 텐테……."

"헝겊이야 찾을 수 있겠지요. 아니 찾으면 나오겠지요."

페트로비치가 말했다.

"그렇지만 기울 수가 없어요. 모두 망가진 것이라서 바늘만 닿아도 그만 찢어질 판이니까요."

"찢어지더라도 자네가 곧바로 기워 줄 것이 아닌가?"

"하지만 기울 수가 없어요. 기워도 무리입니다. 옷감이 너무 상했어요. 나사천이라는 것은 이름뿐이지 불면 바로 모두 날아갈 것 같아요."

"그렇게 말하지 말고 손을 좀 보아주게, 왜 이렇게 정말……."

"안 되겠는데요."

페트로비치는 잘라서 말했다.

"어떻게 할 수가 없군요. 이제 추운 겨울이 올 텐데, 외투를 잘라서 각반이라도 만드는 편이 나을 거예요. 양말만 신으면 보온이 안 될 테니까요. 이 각반은 독일 사람이 돈을 더 벌려는 요량으로 생각해 낸 것입니다. 그런데 외투는 이렇게 하면 어떨까요, 새 것을 하나 장만하시면."

새 것이라는 말을 들은 아카키 아카키예비치는 방 안에 있는 물건이 온통 뒤집어지는 것처럼 눈앞이 캄캄해졌다. 그에게는 오직 하나, 페트로비치의 담배통 뚜껑 위에 그려진 얼굴에 종이를 바른 장군의 모습만이 뚜렷하게 보였다.

"왜 그러는 거지, 새 옷이라니?"

그는 꿈을 꾸고 있는 것처럼 말했다.

"그렇지만 내게는 그만한 돈이 없는걸."

"그렇지요, 새 것을 말하지요."

페트로비치는 지극히 침착하게 말했다.

"그러면 새 것을 만들기로 하면 그건……."

"얼마나 돈이 드느냐 말씀이죠?"

"그렇지."

"백오십 루블하고 조금 더 주셔야 돼요."

페트로비치는 이렇게 말하고 의미심장하게 입을 다물었다. 그는
자신의 말이 이렇게 강한 효과를 주는 것이 유쾌했다. 그는 상대방
이 어떤 표정을 짓는지 곁눈질로 보며 재미를 느꼈다.

"외투 한 벌에 백오십 루블이라고?"

불쌍한 아카키 아카키예비치는 소리쳤다. 아마 세상에 태어난
이래 가장 큰 소리로 외친 것일지도 모른다. 그도 그럴 것이 언제
나 낮은 목소리로 얘기하던 그였으니까.

"그렇지요."

페트로비치는 말했다.

"여러 가지 외투가 있어요. 깃에 담비 털가죽을 붙이기도 하고
두건에 비단 안감을 누벼 넣으면 이백 루블은 받아야 하니까요."

"페트로비치, 제발……."

아카키 아카키예비치는 애원하는 듯한 목소리로 말했다. 페트로
비치가 말한 것이나 그 효과에는 귀를 기울이지 않고 들으려고도
하지 않았다.

"어떻게 좀 기워 주지 않겠나? 안 되면 조금이라도 더 입게 할
수는 없을까?"

"그건 안 됩니다. 모두 망가진걸요. 수선을 하는 건 헛일이고 헛
돈을 쓰시는 거죠."

페트로비치는 그렇게 말했다. 아카키 아카키예비치는 이 말을
듣고 나서 완전히 풀이 죽었다. 그러나 페트로비치는 아카키 아카

키예비치가 돌아간 다음에도 무슨 이유인지 입을 다물고 일손을 멈춘 채 한참 동안 그대로 서 있었다. 그는 자신을 싼값에 팔지 않았으며, 자부심도 손상시키지 않았다는 점에 만족감을 느꼈던 것이다.

거리에 나가서도 아카키 아카키예비치는 꿈꾸는 사람처럼 경황이 없었다.

"이게 어찌된 일일까?"

그는 혼자 중얼거렸다.

"아니, 정말 이렇게 되리라고는 생각하지 못했는걸."

그리고 한동안 말이 없다가 이렇게 덧붙였다.

"이건 도대체 어찌된 일일까? 결국 이런 꼴이 되고 말았군. 아니 정말 이런 일이 일어나리라곤 꿈에도 생각지 않았는걸."

그리고 오랫동안 말을 끊었다가 이렇게 중얼거렸다.

"큰일인데……. 이런 것은 생각하지도 않았는데……. 이렇게 되리라고는……. 정말 큰일났는걸."

그는 집에 돌아갈 생각이었지만 정반대 방향으로 걷기 시작했다. 자기도 모르는 사이였다. 도중에 옷이 더러워진 청소부와 부딪혀 그의 어깨가 지저분해졌다. 공사중인 건물 지붕에서 석회 가루가 떨어져 그의 머리를 수북하게 뒤덮었다. 하지만 그는 그런 것에는 조금도 개의치 않고 걸었다. 이번에는 경관과 부딪쳤다. 경관은 경찰봉을 옆에 세워 놓고 담배통에서 뿔로 만든 담배를 물집 투성이인 손바닥으로 옮기던 중이었다. 아카키 아카키예비치는 거기에서 겨우 정신을 차렸다.

"왜 지나가는 사람을 들이받는 거요? 보도가 보이기나 하오?"

그것도 경관이 이렇게 말했기 때문이었다.

그래서 그는 주위를 둘러보고 집이 있는 쪽으로 방향을 돌렸다. 그는 비로소 생각을 간추리기 시작했다. 자신의 상황을 있는 그대로 분명히 보고, 마음을 터 놓고 얘기할 수 있는 친구나 만난 것처럼 조리 있게 자기 이야기를 털어놓았다.

"안 돼지."

아카키 아카키예비치는 말했다.

"지금은 페트로비치와 흥정을 해도 소용이 없을 거야. 녀석은 마누라에게 얻어맞기라도 한 모양이지. 그러니까 일요일 아침에 녀석의 집에 가 보는 게 좋겠어. 전날 밤이 토요일이니까 녀석은 눈을 뜰 수도 없고 게다가 잠을 지나치게 많이 자고 난 뒤라서 아무래도 한잔 술이 아쉬울 텐데, 마누라가 돈은 안 주지…… 그때 들어가서 십 코페이카를 쥐어 주면 녀석은 내 이야기에 응해 줄 것이고 그럼 외투 문제도……."

이렇게 아카키 아카키예비치는 혼자 판단하고 혼자 기운을 내어 다음 일요일을 기다렸다. 그리고 일요일, 페트로비치의 마누라가 밖으로 나가는 것을 보고 곧장 그를 찾아갔다. 페트로비치는 생각하던 것처럼 토요일 밤에 술을 마신 뒤라 눈이 썩은 동태눈처럼 흐

렸고, 머리를 숙이고 있는 것이 졸고 있는 사람 같았다. 하지만 방문의 용건이 무엇인지 확인한 다음에는 악마에게 빠진 사람처럼 냉정하게,

"안 되겠는데요."

라고 말했다.

"새로운 외투를 하나 맞추어 주세요."

아카키 아카키예비치는 십 코페이카를 그의 손에 쥐어 주었다.

"미안합니다, 나으리. 평안하시길 빌겠습니다."

페트로비치는 말했다.

"그런데 해진 외투 건은 이제는 걱정하실 것이 없으세요. 그건 어떻게 해도 소용없을 테니까요. 새것을 하나 지어 드리지요. 그럼 이쯤에서 이야기를 매듭짓는 게 어떨까요?"

아카키 아카키예비치는 외투를 깁는 문제에 집착했지만 페트로비치는 아예 들으려고 하지도 않았다.

"틀림없이 새 것을 지어 드리죠. 부디 그렇게 하세요. 정성을 다할 테니까요. 좋으시다면 요즘 유행하는 것으로 만들 수도 있지요. 깃에는 은을 입힌 단추를 달도록 할까요?"

사태가 이쯤 되고 보니 아카키 아카키예비치도 새로운 외투 한 벌 맞추어 입지 않을 도리가 없었다. 그것을 깨닫자 의기소침해지고 말았다. 도대체 어떻게 된 것일까? 외투를 만들려면 얼마나 많은 돈이 필요할까?

물론 명절날 받을 상여금을 생각하면 얼마쯤 기대해도 좋을 것이다. 하지만 그 돈은 벌써부터 쓸 곳이 예정되어 있다. 바지를 새로 맞추지 않으면 안되고, 헌 장화에 새로 가죽을 대면서 밀린 외상값을 갚아야 한다. 게다가 셔츠 세 벌과 밝히기 민망한 속옷 두 벌을 재봉하는 여자에게 맡겨야 한다. 결국 그 돈은 이미 전부 나갈 곳이 정해져 있었다. 만약 국장이 자비를 베풀어 사십 루블 대신 사십오 루블이나 오십 루블의 상여금을 준다고 하더라도 나머지는 몇 푼 되지 않으므로 외투 값으로는 그야말로 새 발의 피밖에는 안 된다.

페트로비치는 가끔 변덕을 부려 터무니없이 비싼 값을 부르기도 한다. 그 바람에 그 마누라까지 참을 수 없다는 듯,

"당신은 대체 어떻게 된 거예요? 돌았어요? 얼빠진 짓도 분수가 있지! 어떤 때는 한 푼의 값어치도 안 되는 일을 맡는가 하면 이번에는 이렇게 엄청나게 비싼 값을 쳐 부르니 참!"

소리를 지르는 경우도 있다는 것을 그는 잘 알고 있다. 하기야 그는 페트로비치가 팔십 루블 정도로 외투를 만들어 줄 수도 있다는 것도 물론 알고 있었다.

그렇다고 해도 대체 그 팔십 루블이라는 돈을 어디서 구할 수 있다는 말인가? 그 절반쯤이라면 모른다. 절반 아니면 약간 그보다 많은 액수라고 하면 어쩌면 가능할 수 있을지 모른다. 하지만 나머지 절반을 어디서 구한담?

그러나 독자 여러분은 그 절반의 금액을 어디서 구할 수 있었는지 알아야 한다. 아카키 아카키예비치는 일 루블을 쓸 때마다 일 코페이카를 작은 함 속에 저축하는 습관이 있었다. 그 작은 함은 뚜껑에 돈을 집어넣는 작은 구멍이 뚫려 있고 열쇠로 잠그도록 되었다. 반년이 지나면 그 속에 쌓인 동전의 액수를 세어 보고 그것을 은화로 바꾸어 다시 그 함 속에 넣었다.

이것을 시작한 지 오래되어 이처럼 몇 년이 지나고 보니 저축한 금액은 사십 루블이 넘었다. 그래서 외투를 맞출 절반 값은 그에게 있다. 하지만 나머지 절반은 어디서 구할 것인가? 생각을 거듭한 끝에 평소에 쓰는 비용을 줄이지 않으면, 그것도 적어도 일 년 동안 계속해야겠다는 결심을 하기에 이르렀다.

결국 매일 밤 마시던 차를 없애고, 촛불도 켜지 않기로 했다. 만약 촛불을 켜지 않으면 안 될 일이라도 생기면 하숙집 주인 방에 가서 일하면 된다. 구두의 가죽이 너무 상하지 않게 거리를 지나갈 때도 되도록 땅을 가만히 디디고 자갈길이나 보도에서는 더 주의해서 발돋움한 채 걷기로 했다.

속옷도 되도록 세탁을 덜하고 입는 횟수를 줄이기 위해 집에 돌아오면 그 자리에서 속옷을 벗고 무명이 섞인 잠옷만 입고 지내기로 했다. 그 잠옷은 아주 낡은 것이었다.

솔직히 말해서 그는 처음에는 이런 제약에 자신을 길들인다는 것이 괴로웠다. 그러나 나중에는 그것이 습관처럼 몸에 붙었다. 그

대신 그는 정신적인 위안을 얻었다. 마음속으로 앞으로 입게 될 외투에 대한 희망을 품게 되었던 것이다. 이때부터 자신의 존재 가치가 충실해지고, 결혼도 하고 다른 사람과 같이 살고 있는 듯한 기분까지 들었다.

그리고 어떤 기분 좋게 생긴 여자 친구가 일생을 같이 하겠다고 승낙한 것 같은 기분이 들었다. 그 여자 친구란 솜이 두툼하게 들은, 닳아빠진 곳이라고는 한 군데도 없이 질긴 감을 입힌 외투였다. 그 후로 그는 생기를 얻고, 목표가 있는 사람처럼 그 성격마저 굳건해졌다. 얼굴이나 동작에서도 의심과 주저의 빛이 사라지고, 흔들리고 불투명했던 모든 태도가 자취를 감추었다.

때때로 그의 눈에 불빛마저 일었고, 머리에는 매우 대담하고 용감한 생각이 떠올랐다. 깃에 담비 가죽을 붙일까 하는 생각이 들기도 했다. 이런 생각을 할 때마다 자신을 잊을 만큼 열중했다. 한번은 서류를 정서하고 있을 때 글자를 틀릴 뻔해서 '아아' 소리를 지르고 십자를 그었을 정도였다.

그 뒤에도 그는 계속해서 한 달에 한 번이기는 했지만, 나사 천은 어디서 사야 좋을까, 어떤 빛깔이고, 가격은 얼마쯤이면 될까 하는 따위의 상담을 하려고 페트로비치를 찾아갔다. 하기야 약간 불안하기는 했지만, 머지 않아 그 옷감으로 외투를 만들 때가 오겠지 하고 생각하면서 만족스런 기분으로 집에 돌아갔다.

만족은 그가 생각했던 것보다 일찍 찾아왔다. 전에는 생각지도 하지 못한 일이 일어났다. 국장이 아카키 아카키예비치에게 사십 루블이나 사십오 루블 아니라 육십 루블의 상여금을 주었다. 국장은 아카키 아카키예비치에게 외투가 필요하다는 것을 예감했는지 아니면 자연히 그렇게 되었는지 하여튼 그로서는 여분으로 이십 루블 정도의 돈이 생긴 것이다. 이렇게 해서 새 외투를 만드는 일의 속도는 더욱 빨라졌다.

그 후 이, 삼 개월 동안 약간의 배고픔을 참은 결과 아카키 아카키예비치는 팔십 루블의 돈을 저금할 수 있었다. 평소에는 잠잠하던 그의 심장이 두근두근 뛰기 시작했다. 곧 페트로비치와 함께 옷감을 둘러보고 나서 질이 대단히 좋은 나사 옷감을 살 수 있었다. 이것은 이상할 것이 없었다. 왜냐하면 벌써 반년 동안 이것저것 생각하며 옷감의 가격을 깎으려고 옷감 상점을 찾지 않은 날이 없었기 때문이다.

덕택에 페트로비치도 '이것보다 좋은 나사는 찾을 수 없을 것이다'라고 생각했다. 외투의 안감은 면포를 골랐는데, 그것은 질이 대단히 좋고 질긴 천으로, 페트로비치의 말로는 비단보다 좋다고 했다. 보기에도 번쩍거리는 천이었다. 담비 털가죽은 너무 비싸서 사지 않았다. 그 대신 마침 가게에 있던 고급 고양이 가죽을 골랐다. 고양이 가죽은 멀리서 보면 언제나 담비 털가죽처럼 보였기 때문이다.

페트로비치는 이 주 동안을 이 외투를 만드는 일에 소비했다. 그것은 외투에 솜을 많이 넣기 위해서였는데, 그러지 않았다면 훨씬 일찍 끝났을 것이다. 이 일로 페트로비치는 십이 루블을 받았다. 그것보다 적게는 도저히 받을 수 없었다. 외투는 위에서 아래까지 모두 명주실로만 촘촘하게 이중으로 누볐다. 그리고 나중에 모든 솔기에 이빨 자국을 여러 개 내며 줄을 세우기까지 했다.

그것은 몇 월 몇 일인지 날짜를 대기는 어렵지만, 아마 아카키 아카키예비치의 일생에 가장 화려한 날이었음에는 틀림이 없다. 페트로비치는 그 새로운 외투를 아침 일찍 들고 왔다. 마침 아카키 아카키예비치가 출근하기 직전이었다. 외투가 도착한 시기가 이렇게 안성맞춤일 수 없었다. 추위가 거세지기 시작했고 앞으로 더 심해질 기세였다.

페트로비치는 일류 재봉사처럼 외투를 들고 왔다. 그의 얼굴에는 지금까지 아카키 아카키예비치가 본 일이 없는 자부심이 우러났다. 늘 안감이나 깁고 수선 정도나 맡아 하는 재봉사와 새로운 옷을 만드는 재봉사와는 분명히 다르다는 것을 보여주는 듯한 표정이었다.

그는 싸 가지고 온 커다란 보자기에서 외투를 꺼냈다. 그 보자기는 세탁소에서 갓 빨아 온 것이었다. 곧 접어서 호주머니에 집어넣었다. 외투를 펼쳐 들고 매우 자랑스러운 듯이 바라보더니 양손으로 지극히 익숙한 솜씨로 아카키 아카키예비치의 어깨에 걸쳤다.

페트로비치는 외투를 잡아당기고 뒤에서 한 손으로 내려 끌어

보았다. 그리고 단추는 채우지 않고 아카키 아카키예비치의 몸을 감싸 보았다. 아카키 아카키예비치는 나이 든 사람의 채신을 지키면서 손을 소매에 넣어 보려고 했다. 소매 역시 잘 맞았다. 외투는 아카키 아카키예비치의 몸에 아주 잘 맞는 것 같았다.

페트로비치는 간판을 내걸지 않는 골목에서 일을 하고 아카키 아카키예비치와도 잘 아는 처지이므로 이렇게 싸게 했지, 네흐스키의 큰 거리에 있는 점포라면 이 외투를 재봉하는 값만으로도 칠십오 루블은 받았을 것이라는 말을 덧붙이는 것을 잊지 않았다. 아카키 아카키예비치는 이 문제를 놓고 페트로비치와 이러쿵저러쿵하고 싶지 않았다. 게다가 페트로비치가 터무니없이 부르는 금액이 무섭기도 했다.

그는 지불을 끝내고 페트로비치와 몇 마디 말을 나누고 새 외투를 걸치고 출근했다. 뒤를 따라 페트로비치가 밖으로 나왔고, 보도에 지켜 서서 한동안 멀리 사라지는 외투를 바라보았다. 그리고 일부러 지름길로 달려 앞으로 가로질러 나가 제가 만든 외투를 다시 한번, 이번에는 다른 측면인 정면에서 보려고 했다.

한편 아카키 아카키예비치는 매우 흐뭇한 기분으로 길을 걸었다. 그는 새 외투를 걸쳤다는 사실을 일 분마다 느꼈고 만족감에 몇 번이나 웃기까지 했다. 사실 새 외투를 입어서 좋은 점이 두 가지 있었다. 하나는 따뜻하다는 것, 또 하나는 훌륭하다는 것이었다. 그는 걷는 도중에 본 것들을 거의 주의하지 않았다. 정신을 차려보니 어느새 관청에 와 있었다.

그는 수위실에 외투를 벗어 놓고 그것을 다시 한번 둘러본 다음 특별히 잘 봐 달라고 수위에게 일렀다. 아카키 아카키예비치가 외투를 새로 맞추어 입어, 이제는 그 '싸개'를 볼 수 없게 되었다는 소문이 관청에 바로 퍼졌다. 모든 사람들이 수위실에 가서 아카키 아카키예비치의 새로 맞춘 외투를 보려고 했다.

사람들은 축하 인사를 하기도 했다. 처음에는 빙글빙글 웃으면서 그런 인사를 받았는데 나중에는 오히려 아카키 아카키예비치도 민망할 정도였다. 모두 곁으로 몰려와서 새로운 외투를 샀으니 축배를 들 필요가 있다거나 적어도 모든 사람에게 저녁을 대접해야 한다는 등의 이런 말을 꺼냈을 때 아카키 아카키예비치는 어떻게 할 바를 모른 채 무슨 대답을 해야 옳을지 그들한테 어떤 구실이 통할지 몰랐다.

이윽고 몇 분이 지났다. 그는 얼굴을 붉히고 이것은 전혀 새로운 외투가 아니라 헌 외투나 같은 것이라는 등 속이 빤히 들여다보이는 변명을 했다. 그랬더니 동료들 중 한 사람이, 그는 부과장인가 하는 직책을 가진 사람이었는데, 자기는 결코 뻐기는 사람이 아니라 말단 관리들과도 친하게 지낸다는 것을 보이려는 듯 이렇게 말했다.

"정 그렇다면 내가 아카키 아카키예비치 대신 파티를 개최할 테니 부디 오늘 밤 우리 집에 차를 마시러들 오게. 그리고 마침 또 오늘은 내 생일이거든."

관리들은 모두들 그 부과장에게 축하의 말을 하고 기꺼이 그 초대에 응했다. 아카키 아카키예비치는 거절했는데, 모두들 그것은 예의가 아니라고 말했다. 그래서 그는 더 이상 초청을 거절할 수 없었다. 하기야 이 기회에 새 외투를 입고 파티를 즐긴다는 것을 생각하면 즐거웠다. 이날 온종일 마치 큰 명절이라도 찾아온 것 같았다.

그는 매우 행복한 기분이 되어 집에 돌아와서 외투를 벗어 다시 한번 조심스럽게 나사로 만든 외투와 안감을 살펴보고 정성스럽게 벽에 걸었다. 그리고 비교해 보기 위해 마치 넝마처럼 해진, 지금까지 입고 있던 '싸개'를 일부러 끄집어 내놓았다. 그것을 보더니 그만 저도 모르게 웃음이 터져 나왔다. 이것은 하늘과 땅 차이가 아닌가!

그리고도 그는 식사를 하면서도 '싸개'가 이 꼴이 되었다는 생각이 떠오를 때마다 웃음을 터트렸다. 그는 유쾌한 기분으로 저녁 식사를 마쳤다. 식사가 끝난 다음에도 이제는 무엇을 쓸 생각이 나지 않았다. 서류를 들추지도 않았다. 어두워질 때까지 그는 그렇게 침대 위에서 아무 일도 하지 않은 채 누워 있었다. 이윽고 늦어서는 안 되겠다고 생각한 그는 옷을 갈아입고 외투를 걸치더니 거리로 나왔다.

저녁 모임에 그를 초대한 관리가 어디에 살고 있는지 아쉽게도 분명하지 않았다. 기억력이 몹시 나빠져서 페테르부르크에 있는 거리나 집 모든 것이 머릿속에서 뒤범벅이 되어 제 모습 그대로 생각하는 것조차 어려웠다.

하여튼 그 관리가 시내에서 가장 좋은 지역에 살고 있던 것만은 확실했다. 따라서 아카키 아카키예비치 집에서는 대단히 멀리 떨어져 있었다. 아카키 아카키예비치는 불빛이 드문, 사람의 왕래가 없는 거리를 지나가야만 했다. 하지만 그 관리가 사는 주거지에 가까이 감에 따라 거리는 왁자지껄해지고 집도 늘어나고 불빛도 밝아졌다.

깨끗하게 차려 입은 귀부인들과 담비 깃을 단 남자들이 눈에 띄는 한편 도금한 못을 박고 창살을 붙인 마차의 모습은 줄어들었다. 그 대신 곰의 털가죽으로 만든 무릎 덮개를 두른, 에나멜을 칠한 마차를 끄는 붉은 빌로도 모자를 쓴 팔팔한 마부들과 자주 마주쳤다. 마부석을 장식한 마차가 바퀴로 눈을 이기면서 거리를 바쁘게 달려갔다.

아카키 아카키예비치는 신기한 듯 이것들을 쳐다보았다. 그는 벌써 몇 년 동안 밤거리 구경을 한 적이 없었다. 그는 신비하다는 듯 불빛이 휘황한 창가에 걸린 그림을 보려고 어느 가게 앞에서 발걸음을 멈추었다. 그 그림은 어떤 미인을 그린 그림이었다. 그 여자는 단화를 벗은 채 무척 아름다운 맨발을 온통 드러내고 있었다. 그녀의 뒤쪽 옆방에서 문을 열고 턱수염과 코 아래 부분에 훌륭한

스페인 식 콧수염을 기른 사나이가 그녀를 내다보고 있는 장면이
었다.

아카키 아카키예비치는 머리를 흔들며 빙그레 웃었다. 그리고
또 길을 걷기 시작했다. 그는 왜 빙그레 웃었던 것일까? 그것은 그
가 전혀 본 적 없는 것이면서도 누구나 느낄 수 있는 어떤 일을 떠
올린 탓일까? 아니면 그 역시 '이 녀석들은, 프랑스 놈들 같으니라
고! 무슨 소리야, 만약에, 저, 가지고 싶다면' 이라고 생각해서 그
러는 것일까?

아니 어쩌면 이런 생각조차 하지 않았을지도 모른다. 사람의 마
음속에 들어가서 그 사람이 생각하고 있는 것을 알려고 하는 것은
불가능한 일이다.

그는 겨우 부과장이 살고 있는 건물에 도착했다. 부과장의 살림
은 으리으리했다. 계단에는 불이 켜져 있었으며, 방은 이 층에 있
었다. 현관으로 들어서자 마루에 여러 켤레의 고무신이 잔뜩 늘어
서 있는 것이 눈에 띄었다. 신들이 놓인 한복판쯤에 싸모바르가 김
을 뿜어 올리고 있었다. 벽에는 외투나 망토가 가지런히 걸려 있
고, 그 속에서 담비의 깃이거나 빌로도의 가죽을 댄 것들도 몇 벌
눈에 띄었다.

벽 너머 저쪽에서 한창 아기자기하게 이야기를 주고받는 목소리
들이 울려 왔다. 문을 열리면서 하인이 빈 컵과 크림 그릇 그리고
과자 그릇 같은 것들을 쟁반에 얹고 나오자 떠드는 소리가 한결 더

크게 들렸다. 관리들은 벌써부터 모여 앉아 첫 잔을 비운 듯이 보였다. 아카키 아카키예비치는 자기 외투를 벗어 걸고서 방으로 들어섰다.

촛불, 동료들, 파이프, 카드, 털 이불 등이 눈에 들어왔다. 그리고 여기저기서 들려오는 숱한 말소리와 의자를 움직이는 소리가 귓전을 울렸다. 그는 방의 한복판에서 몹시 어색한 듯 서 버렸다. 어떻게 해야 할지 생각을 가다듬으려는 것 같기도 했다. 하지만 그때 벌써 그를 알아본 모든 사람들이 환성을 올리며 그를 환영했다.

그들은 모두 현관으로 뛰어 나가서 다시 한번 그의 새 외투를 보았다. 아카키 아카키예비치는 약간 당황하기는 했지만 원래가 순진한 사람이었기 때문에 모든 사람들이 자기 외투를 바라보는 것을 보고 기쁨을 감출 수가 없었다. 이윽고 그들은 다시 카드 테이블에 둘러 모였다.

아카키 아카키예비치에게는 이러한 모든 것들, 웅성거림과 말소리와 사람들이 이상하게 보였다. 그는 다시금 어떻게 하면 좋을지 몸을 어디다 두어야 할지 몰라서 망설였다. 결국 그는 카드를 하고 있는 사람들 곁에 앉아 카드를 들여다보기도 하고 이 사람 저 사람들의 얼굴을 바라보기도 했다. 하지만 그것도 한참 지나자 하품이 나오기 시작하고 지루했다.

다른 때라면 침대로 들어갈 시간이 훨씬 지났다. 그는 주인한테 작별 인사를 하고 돌아가고 싶었지만 다른 사람들은 모두 그를 말리면서 새로운 외투를 맞춘 것을 축하하는 건배를 들어야 한다고 우겼다. 한 시간이 지나자 만찬이 나왔다. 야채 샐러드와 쇠고기, 과자점에서 만든 피로그, 거기에 샴페인을 곁들인 저녁상이었다.

사람들은 싫다는 아카키 아카키예비치에게 두 번씩이나 건배를 강요했다. 그 뒤에 방 안의 분위기가 한결 밝아진 것처럼 생각되었지만 벌써 밤 열두 시가 되었다. 귀가할 시간이 지났다는 사실만은 도저히 잊을 수가 없었다.

아카키 아카키예비치는 주인의 만류하는 말을 듣지 않게 슬그머니 방을 빠져나와 현관에서 외투를 찾았다. 외투는 아깝게도 마루에 떨어져 있었다. 그것을 집어 털고 묻은 먼지를 말끔히 털어 낸 다음 계단을 내려와 거리로 나섰다. 거리는 아직도 밝았다. 수위들이나 그 부류의 인간들이 클럽처럼 쓰고 있는 이곳저곳의 작은 점포가 아직 문을 열고 있었고 문을 닫은 점포의 문 틈새로 불빛이 새어나오는 것을 보면 모임들이 계속 되고 있는 것 같았다.

그 안에는 저택에서 일하는 하녀들 아니면 하인들이 자기네들의 세계에 일어난 일들을 이것저것 얘기하다가 주인이 부르는 것조차 잊어버렸으리라. 아카키 아카키예비치는 유쾌한 기분으로 거리를 걸었다. 자기도 모르게 어떤 때는 한 부인의 뒤를 밟아 뛰어 보기도 했다. 그 여자는 번갯불처럼 그를 지나쳤는데 어딘가 모를 비상한 움직임이 넘쳤다. 하지만 그는 거기서 걸음을 멈추고 이번에는 사뭇 천천히 걸어가기 시작했다. 왜 조금 전에 그처럼 달렸는지 자신도 모를 정도였다.

얼마쯤 가자 인적이 끊긴 거리가 나타났다. 거기는 낮에도 기분이 별로 좋지 않은 거리였는데 밤에는 더욱 으스스했다. 지금 그 길은 더 인기척이 없었고 가로등이 반짝거리는 경우도 점점 적어졌다. 기름이 다 떨어진 모양이었다. 목조 건물들과 울타리 곁을 지나쳤다.

사람은 아무데도 보이지 않는다. 눈이 반짝이는 이 거리에 덧문마저 내린 채 잠든 낮은 집들이 쓸쓸히 어둠을 풍기고 있을 뿐이었다. 이윽고 넓은 광장에 다가서 아득한 저쪽 끝에 자신의 집이 보이는 무서운 사막처럼 느껴지는 장소에 가까이 갔다.

어딘지 모를 먼 곳에서 파출소 불빛 같은 것이 보이기는 했지만 그것은 어쩐지 이 세상 끝에서 반짝이는 불빛 같았다. 아카키 아카키예비치의 유쾌한 기분은 여기 와서 그만 갑자기 가시는 것 같았다. 그는 광장에 발을 들여놓는 것이 어쩐지 두려웠다. 아카키 아카키예비치는 어떤 불길한 예감을 느낀 듯했다. 그는 뒤를 돌아다보고 옆을 둘러보았다. 마치 그 곳이 바다 같다는 생각이 문득 들었다.

"아니야, 뒤돌아보지는 않는 게 좋을 꺼야."

그는 이렇게 생각하고 눈을 감은 채 걷기 시작했다. 광장은 지금쯤은 끝나겠지 하고 눈을 뜨는 순간 바로 코앞에 두 사나이가 버티고 서 있는 것이 보였다. 대체 어떤 자들일까 하는 생각도 할 겨를

이 없었다. 눈이 핑 돌고 가슴이 뛰었다.

"임마, 그 외투는 내 것이란 말이야!"

그중의 한 사나이가 그의 멱살을 잡더니 벼락같은 소리를 질렀다. 아카키 아카키예비치가,

"경관!"

하고 소리를 지르자 다른 사나이가 머리만한 큰 주먹을 그의 입에 들이대며,

"자 한마디라도 지껄여 봐라!"

나직하게 말했다. 아카키 아카키예비치는 자신의 외투가 벗겨지고 발길로 무릎을 채이면서 눈 위에 쓰러져 거꾸로 나가떨어진 것까지는 기억했지만 그 다음은 어떻게 되었는지 기억하지 못했다. 몇 분이 지나서 그는 겨우 정신을 차리고 일어섰는데 거기에는 아무도 없었다. 그는 무척 춥다는 것과 새 외투가 없어졌다는 것을 비로소 깨닫고 소리를 치기 시작했지만 그 목소리가 광장의 끝까지 미칠 것 같지 않았다.

절망에 빠진 그는 계속 소리를 지르면서 광장을 빠져나와 곧장 파출소로 달려갔다. 파출소 옆에 경관이 한 사람 경찰봉에 기대어 서 있었다. 경관은 멀리서 이쪽을 향해 소리를 지르며 달려오는 사람이 누군가 궁금한 눈치였다. 아카키 아카키예비치는 소리치며 숨이 턱에 찬 채 달려와서는 사람이 강도에게 옷을 뺏기는 것도 모른 채 경관이 잠만 자고 있다고 소리쳤다.

경관은 아무것도 보지 못했다고 대답했다. 그저 광장의 복판쯤 되는 곳에서 두 사나이가 당신을 불러 세우는 것은 보았지만 그 사람들이 그의 친구들이라고 생각했다고 말했다. 그것보다 그렇게 쓸데없는 소리만 지르고 있지 말고 내일 경찰 부장한테라도 찾아가 보는 것이 좋겠으며, 경찰 부장이 그러면 외투를 빼앗아 간 놈들을 찾아 줄 것이라고 했다.

아카키 아카키예비치는 실성한 사람처럼 집으로 뛰어 들어갔다. 관자놀이 부분과 머리 뒤통수 쪽에 약간 남아 있던 머리털은 마구 흩어지고 옆구리와 가슴 그리고 바지가 온통 눈투성이가 되었다.

하숙집 주인은 문을 세차게 두들기는 소리를 듣고 황급히 침대에서 내려와서 한쪽 발에만 신을 걸친 채 문을 열려고 뛰어 나갔다. 한 손으로는 속옷의 가슴께를 가리고 있었다. 문을 열고 아카키 아카키예비치의 모습을 보더니 그만 놀라서 뒷걸음질쳤다.

어떻게 된 일인지 자초지종을 듣더니 주인은 손뼉을 치고 이 사건을 빨리 경찰서장한테 알려야 한다고 말했다. 경관 따위는 적당히 찾아 주겠다고 약속만 하지만 그것은 어디까지나 약속일뿐 질질 끌기만 할 것이라고 했다. 바로 경찰서장을 찾아가는 것이 좋다는 것이다.

서장이라면 주인도 알고 있는 처지다. 왜냐하면 그 전에 이 집에서 식모 노릇을 한 핀란드 여자 안나가 지금 경찰서장 집 유모로 일하고 있어서 자기도 그분이 이 집 곁을 지나가실 때 뵈었으며,

더구나 그도 일요일마다 교회에 나와서 기도를 드리면서 여러 사람을 둘러보고 기쁜 얼굴을 지으니 분명히 마음씨도 좋은 분일 것이라고 했다.

이런 이야기를 들은 후 아카키 아카키예비치는 슬픔에 잠긴 얼굴을 한 채 자기 방으로 돌아왔다. 그가 어떻게 그날 밤을 지새웠는지는 다른 사람의 심정을 다소나마 짐작할 수 있는 분들의 상상에 맡기기로 한다.

이튿날 아침 일찍 그는 경찰서장을 찾아갔다. 서장이 아직 자고 있다는 말을 듣고는 열 시쯤 다시 찾아갔다. 그러나 그때까지도 자고 있다는 대답이었다. 그래서 다시 열한 시에 찾아갔다. 이번에는 집에 없다는 통보였다. 결국 그는 점심 때 또 한 번 찾아가 보았다. 하지만 서장 부속실에 비서들은 그를 들여보내려고 하지 않았다.

그들은 그가 무슨 용무가 있어 왔으며 무슨 사건이 일어났는지 그것을 꼬치꼬치 알고 싶어했다. 거기서 아카키 아카키예비치도 더 이상 참을 수 없었다.

자기는 서장 본인을 만나지 않으면 안 된다, 자신을 들여보내지 않으면 안 되며, 자기는 관청에서 공무 때문에 왔다, 자기가 그들의 행실을 어떻게 보고하는가는 두고 보면 알 것이라고 둘러댔다. 이 말에 비서들은 아무 대답도 하지 못한 채 그중 한 사람이 서장을 부르러 갔다. 서장은 그가 외투를 강도에게 빼앗겼다는 이야기를 이상하게 받아들이는 것 같았다.

사건의 요점은 잘 듣지 않고 아카키 아카키예비치가 왜 그렇게 늦은 시각에 집으로 돌아갔는가, 점잖지 못한 곳에 갔다가 사고가 일어난 것은 아닌가 캐물었다. 이 때문에 아카키 아카키예비치는 오히려 당황해서, 외투 사건을 적절히 처리했는지조차 확인하지 못한 채 물러나고 말았다.

그는 그날 출근을 하지 않았다. 이것은 일생에 처음 있는 일이었다. 이튿날 그는 더욱 초라해 보이는 저 '싸개'를 걸친 채 창백한 얼굴로 출근했다. 동료들에게 외투를 빼앗겼다는 말을 했더니 비웃는 관리들도 있었지만, 많은 사람들이 그를 동정하고 그를 위해 모금 운동을 벌이기로 했다.

그러나 모인 돈은 얼마 되지 않았다. 그도 그럴 것이 관리들은 빠져나가는 돈이 의외로 많았다. 국장 초상화도 사야 하고, 권유에 못 이겨 부과장의 친구가 쓴 책을 신청해야 하는 등 그렇지 않아도 적잖은 돈이 나가기 때문이다. 따라서 모인 금액은 정말 몇 푼이 되지 않았다.

그들은 진심어린 충고를 하기도 했다. 경찰서장을 찾아가 보았자 소용없다고 했다. 경찰서장이 상관의 칭찬을 들으려고 그의 외투를 찾아낼지는 모르지만, 그 외투가 자기의 것이라는 분명한 법적 증거를 내놓지 않는 한 외투는 건네주지 않을 것이며, 따라서 가장 좋은 방법은 고위 관리에게 부탁하는 길밖에 없다고 충고했다. 그 경우 그 고위 관리가 편지를 써서 경찰서장에게 이 사건을 해결하도록 할 것이라고 했다.

달리 방법이 없는 아카키 아카키예비치는 결국 동료가 말해 준 고위 관리를 찾아 나서기로 했다.

그 고위 관리가 어떤 직위에 있는 사람인지 그것도 분명하지 않다. 다만 그가 최근에 유명해졌을 뿐 그 전부터 그런 것은 아니었다는 점만은 알아둘 필요가 있다. 하기야 지금 그의 지위는 다른 힘있는 지위와 비교할 때 별로 중요한 편이 되지도 못한다.

하지만 어떤 사람에게는 대단하지 않지만 다른 사람들에게는 대단하게 보이는 경우가 언제나 있는 법이다. 어떤 부류의 사람들은 여러 가지 다른 방법으로 자신의 대단하다는 것을 강조하려고 노력한다. 자신이 출근할 때는 부하 직원들이 계단까지 마중을 나오도록 하고, 그가 있는 방에는 아무나 함부로 들어오지 못하도록 하며, 모든 것을 엄격한 순서에 따라 진행하도록 명령하기도 한다. 십사등관은 십삼등관에게 보고하고, 십이등관은 십등관 혹은 그 밖에 그에 상당한 자에게 보고하도록 해서 결재가 그의 앞까지 올라오도록 했다.

러시아의 성스러운 모든 관리들이 이것을 흉내내고 있다. 관리들은 자기 상사를 흉내내려고 하려다가 서툰 짓을 한다. 어느 십등관은 독립된 작은 사무실을 쓰게 되었을 때 그 방의 칸막이를 하고 그것을 자신의 집무실이라고 명명했다. 사무실 문 앞에 붉은 깃의 금테 장식을 단 수위를 세워 놓고 집무실에 들어오는 누구라도 수위가 문을 열어 주도록 했다. 그 집무실이라는 것이 보통 사무용 책상 하나가 들어가면 가득 차는 그 정도의 것이면서도.

고위 관리의 태도나 습관 역시 그와 같아서, 거만하고 위엄이 가득했다.

"엄격하게, 더욱 엄격하게."
라고 말하는 것이 그의 입버릇이었다. 그 마지막 말을 할 때 그는 상대방의 얼굴을 의미심장하게 바라보곤 했다. 그렇다고 거기에 무슨 특별한 의미가 있는 것은 아니었다. 왜냐하면 관청에서 일하는 몇 십 명 관리들은 그의 출현에 몹시 경직된 상태라서, 그를 먼 발치에서라도 보면 하던 일손을 멈추고 곧장 일어서서 그가 지나갈 때까지 부동자세로 서 있었다.

부하들과 주고받는 그의 말 역시 엄격하기 이를 데 없어서, 대개 "자네가 어떻게 그렇게 할 수 있나?", "자네는 대체 누구와 얘기하고 있는지 알고 있나?", "자네 앞에 서 있는 사람이 누구인지 알고 나……." 등의 세 가지로 한정되었다.

그도 알고 보면 선량한 사람으로, 친구들과 사이가 좋고 남의 일을 돌봐 주는 것을 좋아하는 사람이었다. 하지만 칙임관이라는 직책이 그를 그렇게 만들고 말았다. 칙임관으로 임명된 다음부터 그는 이성을 잃고 곧잘 흥분했다.

그래도 자신과 같은 직급의 사람과 같이 있을 때는 겸손했고, 말솜씨도 대단했으며, 이해력이 넓었다. 그런데 그보다 한 직급이라도 낮은 사람과 함께 하는 자리에서는 고집통이 되어 입을 다물어 버렸다. 그 모습은 너무나 불쌍할 정도였다. 좀더 좋게 시간을 보낼 수 있는 방법은 없을까 생각해서, 때로는 재미있는 이야기나 모임에 끼고 싶은 강한 충동을 느낀 때도 있었다.

그럴 때마다 말을 너무 많이 하는지, 너무 허물없이 굴었던 것은 아닌지 하는 생각 때문에 억눌리고 말았다. 그리하여 이 결과 그는 언제나 입을 다물고 이따금 말을 해도 두 마디로 끝냈기 때문에 지루한 사람이라고 알려지고 말았다.

아카키 아카키예비치가 찾아간 고관은 그런 사람이었다. 그런데 하필 그 고관이 가장 기분이 나쁠 때 찾아가고 말았던 것이다.

고관은 그날 자기 서재에 있었다. 몇 년 동안 만나 보지 못하다가 며칠 전에 이곳을 찾은 친구와 매우 유쾌한 이야기를 나누던 중이었다. 마침 그때 바쉬마치킨이라는 사람이 찾아왔다는 전갈을 받았다.

"도대체 그 작자는 뭐야?"

고관은 퉁명스럽게 물었다.

"어느 관청에 근무하는 관리라고 합니다."

"그래, 기다리라고 하게. 지금은 시간이 없으니까."

고관은 그렇게 말했다. 하지만 이 말은 거짓말이었다. 그는 지금 매우 한가했다. 그는 친구와 할 만한 얘기는 모두 나누고 한참 전부터 이야기가 끊어져서 상대방의 무릎을 가볍게 치며,

“글쎄, 이반 아브라모비치” 또는 “그렇지, 스테판 바르라모비치!”라는 말만 되풀이하고 있었다.

그럼에도 불구하고 그는 자신을 찾아온 관리를 기다리도록 했는데, 관청을 그만두고 시골에서 살고 있는 친구에게 관리들이 대기실에서 어느 정도 기다려야 하는가를 보여주기 위해서였다.

드디어 할 말이 동이 나고 편안한 안락의자에서 꽤 오랫동안 말없이 담배를 피우던 고관은 문득 생각난 듯이 보고 서류를 들고 문 옆에 서 있는 서기에게,

“그래 관리가 와서 기다린다는데 들어와도 괜찮다고 해.”

라고 말했다. 고관은 아카키 아카키예비치의 온순한 표정과 낡은 제복을 훑어보더니 서둘러 고개를 돌린 다음 딱딱한 목소리로 말했다.

“무슨 일이지?”

그것은 그가 칙임관이라는 직책을 받기 일 주일 전부터 제 방에 들어앉아 거울을 상대로 연습한 말투였다. 아카키 아카키예비치는 겁을 먹은 눈치였는데 이 말을 듣고 몹시 당황했다. 그는 억지로 혀를 움직였다.

“저, 저……”

그는 강도들이 자신의 새 외투를 약탈했으며, 자기가 여기에 경찰국장이나 다른 관계자들에게 외투를 찾아 주도록 조치를 해 주셨으면 해서 왔노라고 힘들게 설명했다. 왜 그런지, 그 고관은 아

카키 아카키예비치의 말이 매우 불쾌했다.

"뭐야, 자네는?"

그는 무뚝뚝하게 말했다.

"자네는 수속조차도 모르는 건가? 일을 어떻게 하는지 모르는 거군. 맨 먼저 탄원서를 관청에 내야 돼. 그리고 그것이 과장, 국장 그리고 비서관을 거친 뒤에야 비로소 그걸 내게 가져오는 거야."

"하지만, 각하."

아카키 아카키예비치는 땀을 몹시 흘리며 자기에게 남아 있던 마지막 용기마저 쥐어 짜내 말했다.

"저, 각하, 감히 각하에게 부탁 말씀을 올리는 것은, 비서관이라 는 것이, 저, 믿을 수 없어서……."

"뭐, 뭐라고?"

그 고관은 소리쳤다.

"자네는 어디서 그 따위 생각을 했나? 요즘 젊은 사람들 사이에 상관에 대한 불손한 태도가 퍼져 있는 게 큰 문제야!"

고관은 아카키 아카키예비치가 벌써 오십이 넘은 나이라는 사실을 모르는 것 같았다. 그가 젊은 사람이라고 말할 수 있는 것은 칠십 먹은 사람에게나 통하는 얘기일 것이다.

"자네는 대체 누구에게 말하고 있는지 알기나 하나? 앞에 있는 사람이 누군지 자네를 알고 있나? 그것을 자네가 알고 있는지 지금 내가 묻고 있는 거야!"

여기서 그 고관은 발을 탕 구르며 목소리를 높였다. 그것은 무서움을 느끼게 할 만한 것이었다.

아카키 아카키예비치는 완전히 넋을 잃었으며, 온몸이 부들부들 떨려서 몸을 제대로 가눌 수 없었다. 만약 수위가 쫓아와서 그를 부축해 주지 않았다면 그는 그대로 바닥에 쓰러졌을 것이다. 그는 기절한 사람처럼 방에서 들려 나갔다.

고관은 자신의 말 한마디가 생각했던 것보다 효과가 큰 것에 흡족해 하면서 자신의 말이 사람의 감각까지 마비시킬 수 있다는 것에 들떠 친구가 이 장면을 어떻게 보고 있는지 슬쩍 곁눈질했다. 친구 역시 혼이 빠진 모습인 것을 보고 고관은 매우 흐뭇했다.

어떻게 계단을 내려가고 어떻게 길거리에 나섰는지 아카키 아카키예비치는 아무것도 기억할 수 없었다. 손발도 감각이 없었다. 누구로부터도 이처럼 호되게 꾸지람을 들은 적은 없었다. 그는 휘몰아치는 눈보라 속에서 입을 벌린 채 보도에서 차도로 발걸음을 옮기며 힘없이 걸어갔다.

바람이 부는 것은 페테르부르크에서는 흔한 일로, 바람은 시내 여기저기를 휘몰아쳤다. 그는 바로 편도선염에 걸리고 말았다. 겨우 집에 도달했을 때는 한마디 말할 기력조차 없었다. 편도선이 부어올라 곧바로 침대에 눕고 말았다. 하찮은 꾸지람이 이렇게 큰 타격을 주는 경우가 때로는 있다!

이튿날 그는 열이 심한 것을 알았다. 페테르부르크의 날씨 덕분에 생각보다 그의 병은 빨리 악화되었다. 의사는 맥만 짚어 보고, 더운물로 찜질하도록 지시할 뿐이었다. 왕진을 청한 것은 환자가 의약의 혜택을 받지 않으면 안 되겠다고 생각해 취한 마지막 조치였다. 의사는 아카키 아카키예비치에게 그래도 하루 낮과 밤을 두고 찜질만 하면 꼭 나을 것이라고 말했다.

그러나 하숙집 여주인에게는,

"할멈, 우물쭈물하지 말고 빨리 소나무로 만든 관을 주문하세요. 떡갈나무로 만든 건 비쌀 테니까."

라고 말했다.

아카키 아카키예비치는 자기 운명에 관한 이런 얘기를 들었는지 아니면 듣지 못했는지, 만약 들었다면 그것이 그를 파멸하는 작용을 했는지, 이야기를 듣고 그가 자신의 비참한 생애를 슬퍼했는지 그것은 아무도 모른다. 왜냐하면 그는 열에 들떠 꿈속을 헤맸기 때문이다.

그의 눈앞에는 점점 더 괴이한 환상이 나타났다. 그는 재봉사 페트로비치를 보고, 일 분마다 여주인을 불러 그 도둑놈이 침대 밑에 숨어 있는 것 같으니 이불 밑에서 끄집어 내 달라고 부탁하기도 했다. 그런가 하면 새로운 외투가 있는데 왜 낡아빠진 '싸개'가 걸려 있느냐고 묻기도 했다.

그러다가 자신이 칙임관 앞에서 꾸지람을 듣고 있다는 생각을 하는지,

"죄송합니다, 각하."

라는 말도 했다. 그 다음에는 무서운 욕설을 내뱉기까지 했다. 여주인 노파도 여태껏 그의 입에서 그런 말을 들은 적이 없었다. 게다가 그 욕설이 '각하!' 바로 뒤에 튀어나왔으므로 십자를 긋기까지 했다.

그는 계속해서 무슨 뜻인지 모를 얘기만 지껄였다. 하지만 그런 엉터리 같은 말이나 생각들이 저 외투를 둘러싸고 있다는 점만은 분명했다. 가련하기 이를 데 없는 아카키 아카키예비치는 결국 숨을 거두고 말았다.

그가 죽은 뒤에 그의 방이나 소지품을 봉인하지는 않았다. 왜냐하면 그것들을 상속할 사람이 없었으며, 유산 품목조차 너무나 사소했기 때문이었다. 거위 깃털로 만든 펜이 한 묶음, 관공서용 백지 한 첩, 양말 네 켤레, 바지에서 떨어져 나온 단추 두 세 개, 그리고 독자께서도 알고 있는 그 '싸개'가 남았을 뿐이다. 이 물건들이 누구에게 전해졌는지는 아무도 모른다. 솔직히 이 이야기의 작자는 그런 것에 아무런 흥미가 없다.

아카키 아카키예비치는 관에 넣어 땅에 묻혔다. 페테르부르크는 아카키 아카키예비치가 존재하지도 않았다는 듯이 예전 모습 그대로였다.

누구에게도 소중하게 여겨진 적이 없고, 어느 누구에게도 흥미를 끌지 못한 채, 지극히 흔한 파리라도 핀으로 꽂아 현미경으로

들여다봐야 직성이 풀리는 생물학자의 관심조차 끌지 못한 채 죽었다. 온갖 비웃음을 참아 낸 그가 이렇다 한 업적도 없이 그렇게 사라졌다.

다만 그 생애의 마지막 무렵이기는 했지만, 외투가 그의 가련한 생활에 생기를 불어넣어 주었다. 이윽고는 이 세상의 왕이나 지배자에게도 오고야 마는 불행이 그에게도 찾아온 것이다.

그가 죽은 뒤 며칠이 지나 관청의 수위가 여인숙으로 즉시 출두하라는 국장의 명령을 가지고 왔다. 그러나 수위는 그대로 돌아왔다. 수위는 아카키 아카키예비치가 이제 출근할 수 없다고 보고했다.

"무슨 일이지?"
라는 물음에,

"그 사람이 죽었기 때문입니다. 벌써 매장했답니다."
하고 대답했다. 이렇게 해서 아카키 아카키예비치의 죽음이 관청에 알려졌다. 그리고 그 이튿날에는 새로운 관리가 그의 자리에 앉았다. 새로운 관리는 아카키 아카키예비치보다는 키가 크고 곧은 글씨가 아닌, 옆으로 기운 글씨를 썼다.

그런데 아카키 아카키예비치의 죽음으로 모든 것이 끝나지 않았다. 어느 누구에게도 인정받지 못한 그의 생애를 보상이라도 하듯이 한 동안 소란스러운 일이 벌어졌다. 그가 죽은 뒤에 이 가엾은 이야기는 의외로 기괴한 결말을 가져왔다.

페테르부르크 도시 전체에 이상한 소문이 돌았다. 카리킨 다리 나, 그 근처에 밤마다 관리 차림을 한 유령이 나타나 빼앗긴 외투를 찾는다는 것이다. 그 유령은 외투를 보기만 하면 도둑 맞은 외투라며 관등, 신분의 구별 없이 고양이, 담비 가죽 외투, 솜 외투, 곰여우 모피 외투를 비롯해서 사람의 몸을 감싸는 것이라면 그것이 모피든 가죽이든지 불문하고 빼앗아 갔다.

어느 관리는 유령을 직접 보았으며, 그것이 아카키 아카키예비치의 유령이라고 알아챘다. 하지만 공포에 휩싸여 다리야 날 살려라 도망쳤기 때문에 제대로 볼 수 없었다. 다만 유령이 멀리서 위협하듯 손가락을 치켜세우고 자기를 위협한 것만 확실했다.

그 유령이 구등관은 물론 칠등관의 외투까지 빼앗았기 때문에 여기저기서 외투를 빼앗겨 등과 어깨가 얼어붙을 지경이라는 사람들의 호소가 쉴 새 없이 경찰서로 날아들었다. 경찰은 그놈이 살아 있는 자든 유령이든 잡아다가 엄벌에 처하겠다는 계획을 세웠다.

계획은 성공할 수도 있었다. 곧 어느 구역을 담당하는 순경이 카루쉬킨 골목에서 범행 현장을 보고 유령의 옷깃을 단단히 붙잡았다. 유령이 플루트를 불다가 지금은 그만둔 음악가의 외투를 뺏으려고 했다. 그때 유령의 멱살을 잡은 순경은 큰 소리로 두 사람의 동료 경찰관을 불러 유령을 잡으라고 했다. 그리고 그 순경은 잠시 장화 바닥에 손을 넣어 화목피로 만든 담뱃갑을 끄집어냈다. 그는 여섯 번씩이나 동상에 걸렸던 자기의 코를 잠시나마 따뜻하게 싶었던 것이다.

그런데 그 담배 냄새는 유령도 참을 수 없이 고약했다. 순경이 손가락으로 자기의 오른쪽 코를 막고 왼쪽 코로 담배를 들이마시려고 할 때 유령이 심하게 재채기를 했기 때문에 담배 가루가 유령을 둘러싼 세 순경의 눈에 들어가고 말았다. 그들이 눈을 비비는 동안 유령은 흔적도 없이 사라졌다. 따라서 그들이 정말 유령을 잡았었는지 조차 의심스러운 정도였다.

그 다음부터 순경들은 유령을 두려워하고 살아 있는 사람을 잡는 것도 무서워졌다. 그저 멀리서,

"얼른 꺼지지 못해!"

하고 소리칠 뿐이었다. 이 때문에 관리 유령은 깔리긴 다리 너머에도 나타났다. 그렇게 이 유령은 모든 사람들에게 공포의 대상이 되었다.

우리는 앞서 말한 고관을 지금까지 잊고 있었다. 사실대로 말하면 그가 이 환상적인 이야기를 있게 한 장본인이라 해도 좋을 듯하다. 공정을 기하기 위해 한마디 해 두어야 겠는데, 그 고관은 그날 이후 불쌍한 아카키 아카키예비치를 측은하게 생각하는 마음을 가졌다는 것이다. 그에게 동정심이 전혀 없었다고는 할 수 없다. 그의 마음속에도 선량한 마음은 남아 있었다. 하지만 직위 때문에 그것을 드러내지 못한 것뿐이다.

친구가 방에서 나가자 그는 가련한 아카키 아카키예비치의 일을

생각했다. 그리고 그때부터 거의 매일 하찮은 꾸중도 견디지 못한 아카키 아카키예비치의 모습이 떠올랐다. 그날을 생각하면 마음이 괴롭고 불안했다.

일 주일이 지난 다음에 그가 대체 어떤 사람인지, 그리고 지금 어떻게 지내고 있는지, 정말 그를 도와줄 수는 없는지 알아보기 위해 부하 직원을 그의 집에 보냈다. 하지만 아카키 아카키예비치가 열병으로 죽고 말았다는 소식을 듣고는 충격을 받았다. 그리고 양심의 가책을 느낀 나머지 하루종일 우울했다.

외투

그런 생각을 잊고 기분을 풀기 위해 그는 친구가 연 파티에 갔다. 그 파티는 점잖은 사람들의 모임이었다. 무엇보다 다행인 것은 그들 모두가 그와 같은 관등이어서 아무런 거리낌이 없다는 점이었다.

이 일은 그의 기분을 해소하는 데 큰 도움이 되었다. 그는 그들과 흉허물 없이 이런 저런 이야기를 나누었고 기분도 많이 풀어졌다. 그는 매우 유쾌한 기분으로 그 밤을 보냈다. 밤참을 먹은 다음 그는 샴페인을 두어 잔 마셨다. 샴페인은 기분을 유쾌하게 하는 데 매우 효과적인 방법이다.

샴페인은 사람을 흥겹게 하는 데 상당한 효과가 있어서, 샴페인을 마신 그는 집으로 곧장 돌아가지 않고, 카롤리나 이바노브나 부인 집에 들르기로 했다. 독일 태생인 그 부인은 그와 매우 친밀한 사이였다.

이 고관은 젊다고 할 수 없는 나이로, 한 가정의 충실한 남편이자 아버지였다. 두 명의 아들 중에서 하나는 벌써 관청에 다니고 있으며, 약간 뾰족하기는 하지만 예쁘장한 코를 가지고 있었다. 열여섯 살 된 귀여운 딸도 있어서, 매일 그의 손에 입을 맞추러 와서는 "아빠, 안녕!"이라며 인사를 했다. 그의 아내는 아직 젊은 편으로, 미인이라는 소리를 듣기도 했다. 그녀는 남편에게 자기 손에 입맞추라고 한 다음에 그 손을 옆구리로 잡아 빼어 남편의 손에 키스를 했다.

이 고관은 이처럼 행복한 가정에 지극히 만족하면서도 여자 친구를 사귀는 것이 매우 당연하다고 생각했다.

물론 그 여자 친구는 그의 아내보다는 아름답지도 못하고 젊지도 않았다. 하지만 이런 일이야 세상에 얼마든지 있는 것으로, 이러쿵저러쿵 따질 이유는 없다.

이 고관은 친구네 집 계단을 내려와 마차를 타더니 마부에게 말했다.

"카롤리나 이바노브나 집으로 가자!"

그리고 그는 따뜻한 외투로 몸을 감싸고 러시아 사람 특유의 즐거운 기분에 빠져들었다. 굳이 무엇을 생각하지 않아도 여러 가지 상념이 머리에 계속해서 떠올라 유쾌해지는 기분 말이다. 매우 만족한 그는 그 밤의 즐거웠던 장면들을 하나하나와 자신이 친구들을 웃겼던 모든 말들을 생생하게 떠올렸다.

그 말들 가운데 여러 가지를 소리내어 되풀이해 보기도 했다. 그러나 그 말투는 이전처럼 다름없이 우스웠다. 이 때문에 자신이 마음속으로부터 웃고 있다는 사실이 그다지 이상하지 않았다.

그러나 이따금 변덕스러운 돌풍이 불어와 유쾌한 기분을 방해했다. 돌풍이 어디서 어떻게 들어왔는지 갑자기 불어닥쳐 작은 눈가루들을 얼굴에 흩뿌렸다. 외투 깃이 돛처럼 펄럭이고, 눈가루들이 얼굴을 심하게 때렸다. 그래서 그것을 피하려고 하다 보니 신경이 몹시 곤두섰다.

문득 이 고관은 누군가가 자기의 옷깃을 꽉 움켜잡은 것 같은 기분이 들어 뒤를 돌아보니 키가 작고, 낡아서 넝마처럼 떨어진 관리복 차림을 한 사나이가 있었다. 그가 바로 아카키 아카키예비치라는 것을 알았을 때 고관은 머리끝이 곤두섰다. 그 얼굴은 눈처럼 창백하고 유령처럼 보였다.

"이 녀석, 외투를 입고 있구나! 마침내 네 녀석을 잡았다! 외투를 이리 내놔! 나를 도와주기는커녕 욕이나 하고……. 어서, 네 놈의 외투를 내놔!"

그 유령은 약간 입을 비틀고 무서운 무덤 속의 냄새 같은 것을 풍기며 이렇게 속삭였다.

고관은 숨이 넘어갈 정도로 무서웠다. 고관은 관청의 부하 직원들 앞에서는 위엄 있는 모습을 보여 주려고 애써서 그런 그의 모습을 본 사람들은 누구나 "정말 자신만만하고 위엄스런 모습이야!"

라며 감탄했다. 하지만 이 상황에서는 겁을 집어먹고 발작이 일어
날 정도로 움츠러들었다.

그는 서둘러 외투를 벗어 던지고는 모기 소리 만하게 마부에게
외쳤다.

"빨리빨리 집으로!"

마부는 이 말을 듣자마자 말채를 휘두르며 쏜살같이 마차를 몰
았다.

육 분쯤 지났을까, 고관은 제 집의 현관에 닿을 수 있었다. 외투
도 없이 새파랗게 질려 척추가 나간 듯이 몸을 가누지도 못하는 그
는 카롤리나 이바노브나에게 가는 대신 곧바로 집에 돌아왔다. 가
까스로 기어가다시피 방으로 들어간 그는 그날 밤새도록 불안에
떨었다. 뜬눈으로 밤을 새운 그를 보고 이튿날 아침 딸이,

"오늘은 왜 그렇게 창백해요, 아빠?"

라고 말했을 정도였다. 그러나 아무 대꾸도 없었다. 그가 어떤 꼴
을 당했는지, 어디에 갔었는지, 그리고 또 어디에 가려고 했는지
그 누구에게도 말하지 않았다. 이 사건은 그에게 엄청난 충격을 주
었다.

그는 부하들에게,

"어떻게 자네가 그럴 수 있나? 지금 자네 앞에 서 있는 사람이
누군지 알기나 하나?"

하는 따위의 입버릇이 전보다 훨씬 적어졌다. 그런 말을 한다고 해

도 그전 같지 않았다. 우선 상대방의 사정부터 들어본 뒤에야 말을 했다.

그것보다 놀라운 일은 그 관리 유령이 일이 일어난 다음부터는 더 이상 나타나지 않았다는 사실이다. 아마 그 고관의 외투가 유령에게 맞았던 것이리라. 그 뒤 누군가 외투를 빼앗겼다는 소문은 더 이상 어디에서도 들을 수 없었다.

하기야 대다수의 소심하고 꼼꼼한 사람들이라면 아직도 안심할 수 없을 것이다. 그래서 지금도 어느 먼 곳에서는 그 유령이 나온다고 말했다. 콜로멘스코에 사는 한 순경이 어느 집 뒤쪽에서 유령이 나오는 것을 제 눈으로 보았다고 했다.

그러나 그 순경은 태어나면서부터 약골이어서, 어느 때는 민가에서 뛰어나오는 새끼 돼지와 부딪쳐 넘어지기도 했다. 주위에 있던 마부들이 그를 보고 있는 것을 알아차린 그가 담뱃값으로 이 코페이카를 요구한 일도 있었다.

하지만 그만큼 약골이었기 때문에 유령을 붙잡을 수 없었다. 그래서 그대로 어둠 속으로 유령을 뒤따라갔다. 마침내 유령이 갑자기 고개를 돌려 제자리에 서더니,

"무슨 일이야?"

하고 물으며, 산 사람의 것이라고 할 수 없는 엄청나게 큰 주먹을 내보였다. 그러자 순경은,

"아무것도 아닙니다."

라고 말하고는 바삐 되돌아갔다. 그러나 그 유령은 키가 매우 크고 굉장한 입 수염을 기르고 있었다. 그 유령은 오브호프 다리 쪽으로 발걸음을 옮기는가 싶더니 밤의 어둠 속으로 완전히 자취를 감추었다.

코

1

삼월 이십오 일, 매우 괴상한 사건이 페테르부르크에서 일어났다. 보즈네센스키 거리에 사는 이발사 이반 야코블레비치—그의 성이 무엇인지 아는 사람은 거의 없었다. 간판에도, 볼에 허옇게 비누칠을 한 신사의 얼굴과 '검은 점도 뺍니다'라는 글귀가 씌어 있을 뿐 그 밖에는 아무것도 없었다—가 일찌감치 눈을 뜨자, 뜨끈한 빵 냄새가 훅 끼쳤다. 침대에서 비스듬히 몸을 일으킨 이발사는 커피를 무척 즐기는 뚱보 마누라가 방금 페치카에서 구운 빵을 꺼내는 것을 보았다.

"블라스코비야 오시포브나, 오늘은 말이요, 커피는 마시고 싶지 않아."

하고 이반 야코블레비치는 말했다.

"그 대신 뜨끈한 빵과 파를 먹고 싶군."

사실대로 말하면, 이반 야코블레비치는 커피와 빵 두 가지를 다 먹고 싶었지만, 부인이 그런 욕심을 정말 싫어해서, 한꺼번에 두 가지를 요구할 수는 없다는 것을 잘 알고 있었다.

'멍청한 양반, 빵이나 어서 먹으라지. 오히려 잘 됐지 뭐.'

마누라는 이렇게 생각했다.

코

'커피 한잔이 남을 테니까.'

그리고는 빵 한 덩어리를 식탁으로 던져 주었다.

이반 야코블레비치는 윗도리 위에 단정하게 모닝 코트를 걸쳐 입고 식탁에 앉아, 빵에 소금을 뿌리고 파 두 뿌리를 준비했다. 그 다음 나이프를 손에 들고 거만한 표정으로 빵을 자르기 시작했다. 한가운데를 잘라 두 조각을 내고 그 속을 들여다보았다. 그런데 뜻밖에도 무슨 희끄무레한 것이 눈에 띄는 것이 아닌가. 이반 야코블레비치는 조심조심 나이프 끝으로 빵을 조금 헤쳐 손가락으로 그것을 한 번 만져 보고는,

"꽤 단단한걸!"

하고 혼자 중얼거렸다.

"도대체 이게 뭐지?"

그는 손가락을 쑤셔 넣어 그놈을 뽑아 보았다. 사람의 코였다! 이반 야코블레비치는 얼른 두 손을 들이밀어 버렸다. 눈을 비비고 다시 손가락으로 그것을 만져 보았지만 역시 사람의 코, 코가 분명

했다! 더욱이 어디서 본 적이 있는 코였다. 이반 야코블레비치의
얼굴에 경악의 빛이 떠올랐다. 하지만 그 놀라움은 마누라가 터트
린 분노에 비하면 아무것도 아니었다.

"아니, 여보! 당신 어디서 남의 코를 잘라 왔어요!"
하고 그녀는 버럭 고함을 쳤다.

"사기꾼 술주정뱅이 같으니! 내가 직접 경찰에 고해 바쳐야지!
강도라도 이만저만한 강도가 아니군! 세 사람한테서 당신이 면도
질을 할 때 남의 코를 죽어라 하고 쥐어뜯는다는 건 벌써 들어서
알지만……."

그러나 이반 야코블레비치는 여전히 얼빠진 사람처럼 멍하니 있
었다. 그는 빵 속의 코가 바로 매주 수요일과 일요일에 면도를 하
러 오는 팔등관 코발레프의 코라는 것을 알아챘다.

"가만 좀 있어. 블라스코비야 오시포브나! 내 이놈을 헝겊에 싸
서 처박아 두었다가 나중에 내다 팽개칠 테니."

"그 따위 소리는 듣기도 싫어요! 그래 내가 이 방에다 남의 얼굴
에서 베어 낸 코를 놓아두게 할 줄 알았어요? 당신 같은 게으름뱅
이도 아마 세상에 없을 거야! 기껏해야 혁대에다 면도칼이나 문지
르는 재주밖에 없으면서, 자기가 해야 할 일은 하나도 제꺽제꺽 처
리할 줄 모르니, 내 원! 정말 주책바가지라니까! 내가 당신 대신
경찰에 가서 적당히 대답해 주겠거니 생각하는 거죠? 천만의 말씀
이지! 정말이지 당신 같은 등신은 난생 처음이야. 자, 어서 아무데

나 갖다 버리지 못해요! 또 그런 냄새를 맡게 되면 당신을 가만 놔
두지 않을 테니까!"

이반 야코블레비치는 마치 무엇인가에 호되게 얻어맞기라도 한
것처럼 얼떨떨한 얼굴로 서 있었다. 이리저리 생각했지만 정작 무
엇을 어떻게 해야 좋을지 몰랐다.

"도대체 어떻게 이런 일이 일어났을까?"

한참만에 뒤통수를 긁적거리며 이렇게 말했다.

"어제 내가 술에 취해 돌아왔는지 아닌지는 지금 분명하진 않지
만, 어쨌든 아무리 생각해도 이건 도저히 있을 수 없는 일이야. 왜
냐하면 빵은 잘 구워졌는데 그 속의 코는 전혀 그렇지가 않거든.
어떻게 된 영문인지 도무지 알 수가 없군!"

이반 야코블레비치는 입을 다물었다. 이 코가 경찰한테 발각되
어 죄를 덮어쓸 생각을 하니 금세라도 기절할 지경이었다. 은실로
아름답게 수놓은 붉은 경관복의 옷깃이며 대검이 벌써부터 눈앞에
어른거렸다. 온몸이 후들후들 떨려 왔다. 마침내 그는 바지와 구두
를 꺼내 꾀죄죄한 옷차림을 하고는 블라스코비야 오시포브나의 시
끄러운 잔소리를 등뒤로 들으며 헝겊으로 코를 싸 들고 한길로 나
왔다.

코를 뉘집 대문 주춧돌 사이에 틀어박거나, 아니면 땅바닥에 슬
쩍 떨어뜨리고 얼른 골목길을 돌아가려는 심산이었다. 그런데 공
교롭게도 잘 아는 친구와 맞부딪치고 말았다. 그 친구가,

코

"어디 가는 길인가? 이렇게 일찌감치 누구네 집으로 면도하러 가나?"

하고 빈정대듯 묻는 바람에 도저히 코를 버릴 적당한 기회를 잡을 수 없었다. 얼마 후에 감쪽같이 길바닥에 떨어뜨리기는 했지만, 마침 멀리서 파수를 보던 경관이 곤봉으로 가리키며,

"자네, 거기에 뭘 떨어뜨렸군. 주워 가지고 가게!"

하며 주의를 주었다. 그래서 이반 야코블레비치는 하는 수 없이 코를 주워 호주머니 속에 다시 넣었다. 그러다 보니 어느새 크고 작은 상점들이 문을 열기 시작했다. 따라서 사람들의 왕래도 점점 많아지면서 절망에 빠져들었다.

이사키예프 다리 쪽으로 가야겠다고 결심했다. 어쩌면 네바 강물 속에 슬쩍 던져 버릴 수 있을지도 모른다고 생각했기 때문이다.

그건 그렇고, 여러모로 보아 존경할 만한 인물인 이발사에 대해 여지껏 한마디도 소개하지 않았다는 것은 독자들에게 죄송스러운 일이다. 이반 야코블레비치는 러시아의 솜씨 있는 이발사들이 모두 그렇듯이 대단한 술고래다. 그래서 날마다 남의 수염을 깎아 주고 있으면서도 자신은 좀처럼 면도질을 하려 들지 않았다.

이반 야코블레비치의 모닝 코트—프록 코트를 입어 본 일이 한 번도 없었다—는 얼룩이 진 듯이 보였는데, 그것은 원래 검은빛이던 것이 퇴색해서 지금은 온통 누릇누릇한 얼룩과 회색 무늬가 생겼기 때문이었다. 옷깃은 반질반질하게 닳고, 단추는 세 개나 떨어

져 그 자리에 실밥만 너덜너덜했다.

그러나 이반 야코블레비치는 상당히 뱃심 좋은 데가 있었다. 팔등관 코발레프가 면도를 할 때마다,

"이반 야코블레비치, 자네 손에서 언제나 구린내가 나는군!"

하면 그는,

"글쎄올시다, 어째서 구린내가 날까요?"

하고 반문했다. 그러면 팔등관은,

"어째서 그런지는 나도 모르겠지만, 어쨌든 구린내가 나는 건 사실이야."

라고 대답했다.

이반 야코블레비치는 코담배를 콧구멍에 갖다 대고 킁킁거리며 들이마시고 나서, 이번에는 말대꾸 대신 팔등관의 볼이건, 코밑이건, 뒤통수건, 턱 밑이건, 말하자면 손이 가는 대로 마구 비누질을 했다.

이렇듯 존경할 만한 시민이 막 이사키예프 다리에 나타난 것이다. 우선 주위를 한번 살펴보고 나서, 다리 밑에 물고기가 많이 놀고 있는가를 보려는 것처럼 난간에 몸을 의지한 채 상반신을 굽혔다. 그러고는 헝겊에 싼 코를 슬쩍 밑으로 떨어뜨렸다. 흡사 천 근이나 되는 무거운 짐을 한꺼번에 벗어 던진 것 같은 홀가분한 기분으로 입가에 만족스런 미소까지 떠올랐다. 관리들의 면도를 해주러 갈 생각은 않고, '식사와 차'라는 간판이 붙은 음식점을 향해

발길을 돌렸다. 펀치 한잔을 마시고 싶었던 것이다.

그때 뜻밖에도 구레나룻을 널찍하게 기르고 삼각모에 대검을 찬, 의젓하게 생긴 경관이 다릿목에 서 있는 것이 눈에 들어왔다. 정신이 아찔했다. 경관은 그를 보고 손가락으로 오라는 시늉을 하며 말했다.

"이봐, 이리 좀 와!"

이반 야코블레비치는 예의를 차리느라, 멀리서부터 모자를 벗어 들고 총총걸음으로 달려가서,

"나리, 안녕하십니까?"

하고 인사를 했다.

"나리고 뭐고 없어. 자네 저기 다리 위에서 무슨 짓을 했지? 바른 대로 말해 봐!"

"사실은 말씀입니다, 나리. 면도를 하러 가는 길에 물살이 빠른지 보려 했습죠. 그저 그뿐이올시다."

"거짓말 말아! 그 따위 수작에 누가 넘어갈 줄 알아? 어서 바른 대로 말해 봐!"

"그보다도 나리, 일주일에 두 번씩, 아니 세 번씩이라도 좋습니다, 면도를 해 드리죠. 물론 보수 같은 건 한 푼도 필요 없습니다."

하고 대답했다.

"쓸데없는 소리! 지금 세 명의 이발사가 내 이발을 맡고 있는데, 그 친구들은 그걸 무상의 영광으로 생각하고 있단 말이야. 그보다

도 저기서 무슨 짓을 했는지 그것부터 어서 말하지 못할까!"

이반 야코블레비치는 새파랗게 질렸다. 하지만 여기서 사건은
완전히 안개 속에 묻혀 버리고, 그 다음은 어떻게 되었는지 전혀
알 길이 없다.

2

팔등관 코발레프는 꽤 일찍이 눈을 뜨자, 무엇 때문에 그러는지
설명할 수도 없게 크게 숨을 내쉬며 "푸르르" 소리를 냈다. 어쨌든
아침에 잠이 깨면 언제나 하는 버릇이었다. 늘어지게 기지개를 켜
고, 책상 위에 놓아 둔 손거울을 집어 들었다. 엊저녁에 콧등에 생
긴 여드름이 어떻게 되었나 보려 했던 것이다. 그러나 뜻밖에도 코
가 붙어 있어야 할 장소가 판판하지 않은가!

소스라치게 놀라서, 하인에게 물을 가져오게 하여 수건으로 눈
곱을 닦았다. 다시 보아도 분명히 코는 붙어 있지 않았다! 꿈을 꾸
고 있지 않나 싶어 코가 있던 부분을 만져 보기도 하고 몸을 꼬집
어보기도 했지만, 아무래도 꿈인 것 같지는 않았다. 침대에서 벌떡
일어나 온몸을 흔들어 보았으나 역시 코는 없었다. 그래서 하인에
게 옷을 가져오라고 해서 걸치기가 무섭게 그길로 경찰서장을 찾
아갔다.

　그런데 여기서 이 팔등관 코발레프가 과연 어떤 인물인지 독자들이 이해하려면 간단하게나마 소개해야겠다. 한마디로 '팔등관'이라고 칭하는 관리들 가운데, 학력을 인정받아 이 칭호를 받은 자와, 카프카스 등지에서 이리저리 굴러먹다가 임관된 자가 있다. 이 양자는 결코 동일하게 취급할 수 없는 별개의 부류이다. 학력으로 평가하는 팔등관이라면 아니, 그것보다도, 러시아라는 나라가 도대체 이상한 곳이어서 어떤 팔등관을 놓고 한마디하기만 하면, 리가에서 캄차카에 이르는 전국의 팔등관이 모두 자신 얘기를 한다고 생각한다. 그 밖에 어떤 관등이나 칭호를 가진 인간들도 이 점에서는 마찬가지라 할 수 있다. 아무튼 코발레프로 말하자면 카프카스 출신 팔등관이었다.

　하지만 이 지위를 차지한 지 겨우 이 년밖에 안 되었기 때문에, 한시도 그 칭호가 머릿속에서 떠나지 않았다. 그뿐만 아니라 위신이나 품위를 한층 높여보려는 듯, 팔등관이라 하지 않고 언제나 소령이라고 스스로 칭했다.

　"이봐, 알 만하지?"

하고 길가에서 옷 장사를 하는 아낙네를 만나면 두말할 것 없이 이렇게 말했다.

　"우리 집으로 갖다 줘. 사도바야 거리로 가서 코발레프 소령이 어디 사느냐 물으면 아무나 다 가르쳐 줄 테니까."

　혹시 장사치가 얼굴이 좀 반반하게 생긴 여자면 "코발레프 소령

댁이라고 물어야 해, 알겠지?" 하고 덧붙였다. 바로 이러한 이유로
우리들도 이 팔등관을 소령이라 부르기로 하겠다.

코발레프 소령은 매일 네프스키 거리를 산책하는 습관이 있었
다. 셔츠 깃은 언제 보아도 새하얗고, 빳빳하게 풀을 먹인 것이었
다. 수염은 구레나룻를 하고 있었는데 요즘도 시청이나 군청의 측
량 기사나 토목 기사, 연대의 군의관, 그렇지 않으면 각종 공무를
수행하는 관리나, 대체로 불그스름하고 투실투실한 뺨을 가진, 트
럼프 놀이를 잘하는 친구들에게서 흔히 볼 수 있는 종류의 것이었
다. 다시 말해 그 구레나룻은 뺨 한가운데를 내려오다가 곧장 코
옆으로 뻗쳐 있었다.

코

그리고 꽃무늬가 박힌 호박 도장이며, 수요일, 목요일, 월요일
등과 같은 글자를 새긴 나무 도장 같은 것을 많이 가지고 다녔다.

코발레프 소령이 페테르부르크로 온 것은 물론 그만한 이유가
있었다. 그것은 다름아니라 자기 관등에 적합한 자리를 구해 보려
고 올라온 것이다. 만일 가능하다면 부지사 자리를, 그것이 안 되
면 아무데나 훌륭한 관청의 자리를 노리고 있다. 코발레프 소령은
결혼 문제를 생각하지 않는 것은 아니었지만, 그것은 다만 상대방
에게 이십 만 루블의 지참금이 딸려 있는 경우에 한했다.

이쯤 소개하면, 그래도 제법 쓸 만하게 잘생긴 코가 흔적도 없이
사라지고 그 자리에 보기 흉하게 편편한 평지가 생긴 것을 발견한
순간 소령의 심정이 어떠했겠는지 독자들은 능히 판단할 수 있을

줄 믿는다.

공교롭게도 거리에 영업용 마차가 한 대도 보이지 않아서 외투로 몸을 감싸고, 코피가 나오기라도 하는 것처럼 손수건으로 얼굴을 가린 채 걸어가는 수밖에 없었다.

'아니, 혹시 내가 잘못 생각했는지 몰라. 사람의 코가 그렇게 쉽사리 떨어져 달아날 리가 있나.'

하는 생각이 들어, 거울을 들여다보려고 일부러 제과점에 들렀다. 다행히 손님은 아무도 없었다. 심부름하는 사내아이들이 가게를 청소하며, 의자를 제자리에 바로 놓고 있을 뿐이었다. 탁자와 의자 위에는 커피를 쏟아서 얼룩진 어제 신문이 아무렇게나 놓여져 있었다.

"마침 아무도 없어서 다행이군."

하고 입속말로 중얼거렸다.

"어디 한번 똑똑히 들여다봐야지."

슬금슬금 거울 앞으로 다가가서 들여다보았다.

"이런 제기랄! 꼴이 뭐람!"

내뱉듯 말했다.

"코가 없으면 하다 못해 뭐든 대신 붙어 있어야 할 게 아니야! 그런데 이건 아무것도 없으니……."

원통하다는 듯 입술을 깨물며 제과점에서 나왔다. 아무를 만나더라도 못 본 체하고, 아무한테도 얼굴을 보이지 말아야겠다고 다

짐했다. 이것은 평소의 버릇과는 반대되는 일이었다.

갑자기 어떤 집 대문 앞에 못에 박힌 듯 우뚝 서고 말았다. 상식을 가지고는 도저히 이해할 수 없는 괴이한 일이 눈앞에서 일어난 것이다. 현관 앞에 자가용 마차가 한 대 와서 멎더니, 문이 열리며 예복을 입은 신사 하나가 몸을 구부리고 뛰어내려 계단을 달려 올라갔다. 그런데 그 신사가 바로 자기의 코라는 것을 알아차렸을 때 코발레프 소령의 놀라움과 두려움은 어떠했으랴! 이 괴이한 광경을 목격한 순간, 그는 눈앞의 모든 것이 거꾸로 뒤집어진 것만 같아서, 이대로 서 있을 수 없었다.

코

그러나 열병 환자처럼 온몸을 후들거리면서도 어쨌든 코가 다시 나올 때까지 기다려야겠다고 결심했다. 이 분 후에 과연 코는 밖으로 나왔다. 코는 커다란 깃이 달리고 금실로 수놓은 예복에 양가죽 바지를 입고, 대검을 허리에 차고 있었다. 닭털이 달린 모자로 미루어 보아 그의 직분이 오등관임을 알 수 있었다. 그리고 그 밖의 모든 상황으로 보아 누군가를 예방하러 온 것이 분명했다.

코는 좌우를 한 번 둘러보고 마부에게 소리쳤다.

"마차를 이리 갖다 대!"

그리고는 마차를 타고 어디론가로 떠나버렸다.

코발레프 소령은 미칠 지경이었다. 이처럼 괴이한 사건을 어떻게 해석해야 할지 엄두를 낼 수 없었다. 어제까지만 해도 자기 얼굴에 붙어 있던 코가, 걸어다니지도 마차를 타고 다니지도 못했던 그 코가 예복을 입고 돌아다니다니, 아무리 생각해도 있을 수 없는 일이다. 급히 마차를 쫓아 달려갔다. 다행히도 마차는 얼마 가지 않아 카잔스키 교회당 앞에서 멈추었다.

코발레프 소령은 교회당으로 급히 달려갔다. 그 앞에는 얼굴에 온통 붕대를 감고 뚫린 두 개의 구멍으로 빠끔히 눈만 내놓고 있는 노파와 거지들이 줄지어 서 있었다. 이전에는 그 꼴이 우스꽝스러워서 비웃었다. 거지들을 헤치고 교회당으로 들어갔다.

교회당 안에는 예배를 보는 사람이 그다지 많지 않았는데, 그들은 모두 문 옆에 몰려 서 있었다. 코발레프 소령은 자기가 기도 드릴 수 없을 만큼 혼란 상태에 빠져 있음을 느꼈다. 이리저리 눈을 굴리며 조금 전의 그 코 신사를 찾았다. 그러다 한참만에 코 신사가 저쪽에 서 있는 것을 발견했다. 코는 커다란 옷깃에 얼굴을 깊숙이 파묻고, 경건한 표정으로 기도를 드리고 있었다.

'어떻게 저 친구 옆으로 간다?'
하고 곰곰이 생각했다.

'저 예복으로 보나 모자로 보나 모든 점으로 보아 틀림없는 오등관이야. 제기랄 어쩌면 좋담!'

신사의 곁으로 다가가서 헛기침을 몇 번 해 보았지만 코는 자기의 경건한 자세를 조금도 바꾸지 않고 머리를 조아린 채 여전히 기도만 드리고 있었다.

"여보시오?"

"왜 그러시오?"

하고 코는 얼굴을 돌리며 물었다.

"이상한 일이 있어서 말씀드리는 건데, 자신이 있어야 할 장소를 알고 계실 텐데요? 그런데 이런 교회당 안에서 만나게 되다니 참으로 이상한 일입니다. 그렇지 않소?"

"미안하지만 무슨 말을 하는 건지 통 알아들을 수가 없군요. 좀 더 분명하게 말해 주시오."

'어떻게 하면 코가 내 말을 알아들을까?'

하고 소령은 생각했다. 다시 용기를 내어 입을 열었다.

"물론 이렇게 말하는 나는 소령이올시다. 소령인 내가 코를 떼어 놓고 다닌다는 건 창피스러운 일이 아닙니까? 보스크레센스키 다리 위에서 껍질 벗긴 귤을 팔고 있는 여자 장사치 따위라면 코가 없어진 얼굴로 앉아 있어도 무방하겠지요. 그렇지만 머지않아 틀림없이 부지사 자리에 앉을 인물이 이래서야 어떻게 말이 됩니까. 생각해 보시면 아실 겁니다. 도대체 당신이……."

이렇게 말하며 두 어깨를 움츠렸다.

"아니 말이 잘못 나간 것 같습니다만, 만일 이 사건을 의무와 명예를 다루는 법률에 비추어 본다면, 말하지 않아도 당신이 더 잘 알고 계실 줄 믿습니다."

"무슨 말인지 하나도 모르겠군요."

하고 코는 말했다.

"좀더 이해가 갈 수 있게 설명해 주시오."

"그렇다면 말씀드리겠습니다만……."

소령은 위엄을 보이려고 애쓰며 이렇게 말했다.

"오히려 이쪽에서 당신의 말을 어떻게 해석해야 할지 모르겠습니다. 문제는 지극히 명백한 것 같은데요. 굳이 내 입으로 까놓고 말씀드려야만 할까요? 당신은 내 코가 아닙니까!"

코는 약간 미간을 찌푸리며 소령을 바라보았다.

"뭔가 잘못 생각한 모양이군요. 나는 어디까지나 나요. 더욱이 우리는 하등의 밀접한 관계도 없습니다. 당신 제복에 달린 단추를 봐도 나와는 다른 관청에 속해 있다는 걸 알 수 있으니까요."
하더니 코는 그를 외면하고 다시 기도문을 외우기 시작했다.

코발레프 소령은 어리둥절해서 어떻게 해야 할지 도무지 갈피를 잡지 못했다.

이때 옷자락을 스치는 소리가 들리더니, 온통 레이스로 장식한 중년 부인과, 날씬한 허리에 예쁘장한 꽃무늬가 그려진 새하얀 옷을 입고 만두처럼 부풀어 오른 모자를 쓴 가느다란 몸매의 젊은 부인이 들어왔다. 그 뒤로 구레나룻를 기르고 한 다스나 되는 갖가지 칼라를 목에 두르고 키가 훤칠하게 큰 신사가 따라 들어와서 발을 멈추고 담뱃갑을 열었다.

코발레프 소령은 미소를 띤 얼굴로 좌우를 돌아보고는 그 시선을 날씬한 부인 쪽으로 던졌다. 그녀는 봄꽃처럼 가볍게 고개를 숙

여 보이고, 손가락이 거의 투명하게 보이는 양초 같은 손을 이마로
가져갔다. 소령의 얼굴에 떠오른 미소는, 그녀의 동그스름한 백설
같이 흰 턱과, 이른 봄에 피어나는 장밋빛의 뺨이 모자 밑으로 보
였을 때 더욱 환하게 퍼져 갔다.

그러나 순간, 불에 닿기라도 한 것처럼 흠칫 물러섰다. 코가 붙
어 있어야 할 곳에 아무것도 없었다. 눈에선 눈물이 흘러나왔다.
예복을 입은 신사에게 '너는 가짜 오등관이다. 사기꾼이다, 악한이
다, 너는 내 코가 아니냐고 노골적으로 물어봐야겠다.' 고 결심하
고 옆을 돌아보지만, 코는 그 자리에 없었다. 아마도 다시 누군가
를 만나러 마차를 타고 가 버린 모양이었다.

코

코발레프 소령은 절망하고 말았다. 발길을 돌려 원기둥이 늘어
선 바깥 복도로 나와 잠시 걸음을 멈추고, 혹시 어디 코가 보이지
않는지 사방을 열심히 둘러보았다.

코의 모자에 닭털이 달려 있었던 것과 금실로 수놓은 예복을 입
었다는 것은 기억에 남아 있지만, 어떤 외투를 입고 있었는지, 마
차나 말이 어떤 빛깔이었는지, 하인을 거느리고 있었는지 따위는
똑똑히 보지 못했다. 더욱이 거리에는 엄청나게 많은 마차가 왕래
하고 있을뿐더러 모두가 굉장히 빨리 달리고 있어서, 그것을 일일
이 눈여겨볼 수도 없는 일이었다. 설사 그중에서 비슷한 마차를 발
견했다고 하더라도 그것을 정지시킬 수 있는 방법도 없었다.

네프스키 거리는 활짝 갠 화창한 날씨 때문에 사람들로 인산인

해를 이루고 있었다. 풀리체이스키에서 아니치킨 다리에 이르는 보도 어느 곳이나 마치 꽃이 폭포를 이룬 듯 성숙한 부인들이 떼를 지어 걷고 있었다. 저쪽을 보니 잘 아는 칠등관도 있었다. 카프카스에서 팔등관 칭호를 받은 또 다른 소령도 있있는데, 손을 흔들어 이리 오라는 시늉을 했다.

"이봐, 마부! 빨리 경찰서장 집으로 가세!"

마차에 올라타기가 무섭게,

"전속력으로 달려, 전속력으로!"

하고 마부에게 고래고래 고함을 쳤다.

"경찰서장께서는 안에 계신가?"

현관에 들어서자 큰 소리로 물었다.

"안 계십니다."

하고 수위가 말했다.

"방금 나가셨습니다."

"허 참, 일이 안 되려고 하니!"

"그렇게 되었군요."

하고 수위가 말을 받아 말했다.

"조금 전에 나가셨어요. 일 분만 빨리 오셨더라도 만나 보셨을 텐데……."

손수건으로 얼굴을 가린 채 소령은 다시 마차에 올라탔다. 그리고 절망적인 듯,

"자, 가자!"

하고 외쳤다.

"어디로 뫼실까요?"

하고 마부가 물었다.

"곧장 가!"

"곧장이라뇨? 여기는 삼거리입니다. 오른쪽으로 갑니까, 왼쪽으로 갑니까?"

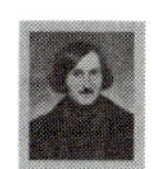

마부의 말에 코발레프 소령은 진정하고 다시 곰곰이 생각하지 않을 수 없게 했다.

이런 상황에서 우선 경찰에 사건을 신고하는 것이 원칙이다. 이 사건이 경찰과 직접적인 관련이 있어서라기보다는, 경찰의 수배가 다른 기관의 도움보다 훨씬 신속할 것이기 때문이다.

코가 근무하고 있다는 관청 장관에게 호소하는 방법은 무모한 짓이다. 왜냐하면 코 자신의 입에서 나온 답변을 들어도 명백하듯이, 그런 친구는 털끝 만한 양심도 없어 전혀 모르는 사이라고 잡아뗄 것이 뻔했다.

그래서 마부에게 경찰서로 가자고 하려다가 문득 이런 생각이 떠올랐다.

'아까 처음 만났을 때도 그처럼 뻔뻔스럽게 거짓말을 한 사기꾼이니까, 적당한 시기에 페테르부르크를 탈출해서 어디론지 사라져 버릴지도 모른다. 그렇게 된다면 아무리 수사망을 펴도 헛수고에 지나지 않을 것이고, 헛수고는 아니라도 적어도 한 달은 걸려야 해결할 수 있을 것이다. 그렇다면 이 일을 어쩌면 좋단 말인가!'

그러나 마침내 하늘의 계시를 받은 것처럼 한 가지 묘안이 떠올랐다. 곧장 신문사로 달려가서 이 사건을 상세하게 적어서 한시바삐 광고를 내기로 했다.

'그렇게 하면 아무든지 코를 발견한 사람은 즉시 붙잡아 올 것이고, 그렇지 않더라도 코의 거처라도 알려 줄 것이다.'

이렇게 결심하자 신문사로 가자고 마부에게 명령했다. 그러고는 쉴새없이 주먹으로 마부의 잔등을 쿡쿡 찌르며,

"빨리 몰아, 이놈아! 좀더 빨리 몰지 못하겠나, 빌어먹을!"
하고 윽박질렀다.

"허 참, 나리도!"

마부는 고개를 가로 저으며 말고삐로 승냥이처럼 털이 부스스한 말잔등을 후려갈겼다. 얼마 후에 마차가 멎어섰다. 숨을 헐떡이며 좁은 접수실로 달려들어갔는데 낡아빠진 모닝 코트를 입고 안경을 낀 백발의 사무원이 책상에 앉아 펜대를 입에 문 채 광고료로 받은 동전을 세고 있었다.

"누가 광고를 접수합니까?"
하고 큰 소리로 물었다.

"안녕하시오?"

"네, 어서 오십시오."

백발의 사무원은 이렇게 대답하며 눈을 들어 흘끔 쳐다보고느 다시 동전 무더기로 시선을 돌렸다.

"신문에 광고를 냈으면 하는데요."

"잠깐만 기다려 주십시오."

사무원은 한쪽 손으로 종이 위에 적힌 숫자를 짚어 가며 왼쪽손 가락으로 주판알 두 개를 튀겼다. 금실로 장식한 제복을 말쑥하게 차려 입은 것으로 보아 어느 귀족 집 하인인 듯싶은 사내가 두 손 으로 광고문을 적은 종이를 들고 책상머리에 서서, 상냥한 말투로 애교를 떨며 이렇게 말했다.

"아시겠어요, 나리. 팔십 코페이카도 안 되는 강아지 새끼를 말 입니다. 하기는 나 같으면 단돈 한 푼에 가지라고 해도 마다하겠지 만, 백작 부인께서 그놈을 이만저만 귀여워하시는 게 아닙니다. 그 강아지 새끼를 찾아 주는 사람에게 백 루블을 주겠다는 말씀이죠! 나리와 저를 놓고 봐도 역시 그렇겠지만, 사람이란 취미가 가지각 색이더군요. 한번 개에 빠지기만 하면, 포인터다 발바리다 해서 오 백 루블이건 천 루블이건 조금도 아까워하지 않습니다. 어떻게 해 서든지 좋은 개를 손에 넣으려고 눈을 뒤집고 덤비거든요."

사무원은 정색을 하고 얘기를 듣고 있었지만 한편으로는 접수한 광고문의 글자 수를 계산하기에 바빴다. 주위에는 제각기 광고문 을 손에 든 노파들과 점원들, 그리고 문지기 등이 옹기종기 모여 있었다.

어떤 광고문은 품행이 방정한 마부를 구한다고 써있었으며, 천 팔백십사 년에 파리에서 수입하여 아직 신상품이나 다름없는 마차를 팔겠다는 광고문도 있었다. '세탁부의 경험이 있고 다른 일도 할 수 있는 열아홉 살 미혼녀가 식모 자리를 구함', '스프링 한 개가 부족할 뿐인 견고한 마차 판매', '생후 십칠 년 된, 회색 반점이 있는 건강한 승용마 판매', '런던에서 새로 들여온 무 씨와 배추 씨 판매', '일체 시설이 완비된 별장'과 '훌륭한 자작나무 숲이나 전나무 숲을 만들 수 있는 땅이 딸려 있는 마구간 두 채 팖', '낡은 구두 밑창을 구함', '매일 여덟 시부터 세 시까지 통지해 주면 찾아가겠음' 따위의 광고도 있었다.

좁은 접수실에 이렇게 많은 사람이 들어와서 실내 공기는 말할 수 없이 혼탁했다. 하지만 코발레프 소령은 그 냄새를 맡을 수 없었다. 손수건으로 얼굴을 가리고 있었기 때문이기도 하지만, 무엇보다 가장 큰 이유는 있어야 할 코가 어디론지 행방을 감추었기 때문이다.

"여보시오, 부탁이 있어 왔는데, 좀 급한 광고라서."

끝내 참지 못하고 입을 열었다.

"금방 끝납니다. 이 루블 사십삼 코페이카! 잠깐만 기다리세요! 일 루블 육십사 코페이카!"

백발의 사무원은 노파와 문지기 앞에 글자 수를 계산한 광고문을 내밀며 말했다. 그 다음에야 물었다.

"무슨 일로 오셨지요?"

"다름아니라 저는……."

하고 대답했다.

"사기라 할까, 횡령이라고 할까, 제가 그런 사건에 걸려들었는데, 지금까지도 어떻게 된 영문인지 전혀 알 수가 없단 말입니다. 그래서 그 사기꾼을 끌고 오는 사람에게 충분한 사례를 하겠다는 광고를 내주었으면 해서 왔습니다."

"성함이 어떻게 되시나요?"

"굳이 이름을 알아야 할 건 없지 않습니까! 그건 말할 수 없습니다. 체호타레바 오등관 부인, 팔라게야 그리고리예브나 포드토치나 대령 부인 등 가깝게 지내는 귀부인들이 많으니까요. 만일 그런 부인들이 사실을 알게 된다면 그야말로 큰일입니다! 그저 팔등관이라는 것만, 아니 그것보다 소령급이라는 것만 밝혀 두면 되지 않겠습니까?"

"그럼 뺑소니를 쳤다는 놈은 댁의 하인입니까?"

"하인이냐고요? 하인 정도가 그런 사기를 칠 수 없습니다. 도망을 친 놈은 내 코란 말입니다……."

"흠, 거 이상한 성도 다 있군요! 그래 그 코라는 자가 거액의 돈을 먹었다 그 말씀인가요?"

"코라는 건……. 그렇게 멋대로 추측하면 곤란합니다! 그 코란 내 자신의 코인데, 그놈이 행방불명이란 말입니다. 살다 보니 별꼴

을 다 당합니다!"

"어떻게 코가 행방불명이 되었습니까? 무슨 말씀인지 잘 알아듣지 못하겠는데요."

"어떻게 그런 일이 생겼는지 나 자신도 설명할 수가 없군요. 그러나 그 코가 지금 마차를 타고 돌아다니며 오등관 행세를 하고 있는 것만은 사실입니다. 그래서 한시바삐 그놈을 붙잡아 달라는 광고를 내겠다는 겁니다. 코는 사람의 얼굴에서 눈에 가장 잘 띄는 곳이 아닙니까? 그 코를 잃어버린 내 심정이 어떤지 상상해 보십시오! 새끼발가락 한 개가 없어졌다면 문제가 다르지요. 신을 신으면 비록 그것이 없다 해도 아무도 알아채지 못할 테니까요. 나는 매주 목요일마다 체흐타레바 오등관 부인을 방문합니다. 팔라게야 그리고리예브나 포드토치나 대령 부인과 아주 예쁘게 생긴 그 따님이나 그 밖에도 가깝게 지내는 부인들이 많습니다. 입장을 바꾸어 생각해 보십시오, 지금 내 심정이 어떨지. 더는 부인들 앞에 나설 수도 없게 되었습니다!"

사무원은 입술을 굳게 다물고 무엇인가를 골똘히 생각하는 눈치였다.

"안 되겠는데요. 신문에 그런 광고를 낼 수는 없습니다."

한참 동안 잠자코 있다가 마침내 이렇게 말했다.

"뭐라고요? 어째서 낼 수 없단 말이오?"

"어째서고 뭐고 없습니다. 신문이 신용을 잃고 말 테니까요. 코가 달아났다는 광고를 신문에 내보내면 세상 사람들이 당장 그 신문은 말도 안 되는 허위 기사나 쓴다느니 하며 말썽이 날겁니다."

"하지만 어째서 이 사건이 이치에 닿지 않는단 말입니까?"

"당신만 그렇게 생각할 뿐입니다. 아 참, 전 주일에도 이런 비슷한 일이 있었습니다. 어떤 관리 한 분이 당신처럼 여기를 찾아와서 광고문구를 적은 종이를 내놓더군요. 요금을 계산해 보았더니 이 루블 칠십오 코페이카였는데, 그 광고란 검정빛 발바리가 달아났다는 내용뿐이었습니다. 아무래도 수상하다고 생각했더니, 아니나 다를까 그것은 누군가를 빈정대는 뜻이었다고 합니다. 발바리라는 건 똑똑히 생각나지는 않지만, 어느 학교인가 기관인가의 경리과를 가리키는 말이었거든요."

"그렇지만 나는 발바리의 광고를 내 달라는 것이 아니잖아요. 내 코에 대한 것이니까, 말하자면 자신을 광고하는 것과 다를 게 없지 않습니까!"

"안 되겠습니다. 아무래도 그 광고는 낼 수 없습니다."

"만일 코가 정말 떨어져 나갔다면 병원을 찾아가셔야지요. 요즘은 원하는 대로 얼마든지 근사한 코를 달아 주는 의사가 있다더군요. 그러나 당신은 명랑한 성격이라 세상 사람들을 좀 놀려 주고 싶어 그러시는 것 같군요."

"천만의 말씀을! 나는 진심으로 말하는 겁니다! 이야기가 이렇게까지 된 이상 할 수 없군요. 직접 보여 드리지요."

"뭐, 그러실 것까지는 없습니다만."

사무원은 코담배를 한 번 들이마시고 나서 말을 이었다.

"하지만 별 지장이 없으시다면……."

하고 호기심에 사로잡혀 덧붙였다.

"한번 보여 주시면 좋겠군요."

코발레프 소령은 얼굴에서 손수건을 거두었다.

"과연 괴이하군!"

하고 사무원은 말했다.

"코가 있어야 할 자리가 방금 구워 낸 호떡처럼 매끄럽군요. 어쩜, 저렇게 판판할 수 있을까!"

"이제는 당신도 할 말이 없을 겁니다. 그러니까 광고는 꼭 내주어야겠어요. 전 이것을 기회로 당신과 알게 된 걸 기쁘게 생각합니다. 아니, 감사하게 생각한다는 편이 옳을 겁니다."

이렇게 말하는 것을 보니 소령도 아첨하는 태도를 취하기로 한 것이 분명했다.

"신문에 내는 건 물론 어려운 일이 아니지만……."

하고 사무원은 대답했다.

"제 생각 같아서는 광고를 내봐야 당신한테 이로울 건 하나도 없습니다. 굳이 내고 싶다면 예술적인 문장력이 있는 사람을 찾아가서, 이 희한한 사건을 주제로 작품을 써 달라 하십시오. 그것을 '북극의 꿀벌' 같은 잡지에라도 싣는다면……."

여기서 그는 또 한번 코담배를 들이마셨다.

"젊은 사람들에게도 교훈이 될 것이고……."

이번에는 코를 문질렀다.

"독자들의 흥미를 끌 수도 있을 것 같은데요."

실망하지 않을 수 없었다. 극장 광고가 실린 신문 밑쪽 난으로 시선을 모았다. 예쁘장하게 생긴 여배우의 이름을 보자 얼굴에 금세 미소가 떠올랐다. 그리고 한 손으로 호주머니 속을 더듬었다. 푸른빛 지폐가 들어 있는지 확인하려 했던 것이다. 코발레프 소령의 생각대로라면, 적어도 소령급은 특별석에 자리를 잡아야 하기 때문이었다. 그러나 코가 없다고 생각하자 당장에 기가 죽고 말았다. 사무원 역시 코발레프 소령의 곤란한 처지를 생각하니 마음이 움직인 모양이었다. 슬픔을 조금이라도 위로하려면 몇 마디 말이라도 동정을 표시하는 것이 예의라고 생각했다.

"그처럼 어처구니없는 일을 당한 당신에게 무엇이라 위로의 말씀을 드려야 할지 모르겠습니다. 어떻습니까, 담배라도 한 대 피우시면? 골치가 아플 때나 우울할 때 효과가 클뿐더러 치질에도 좋아요."

이렇게 말하고 사무원은 담뱃갑을 내밀며 모자를 쓴 부인의 초상이 그려져 있는 뚜껑을 밑으로 젖혔다. 사무원이 아무런 생각 없이 입밖에 낸 이 말로 코발레프 소령은 분통을 터뜨리고 말았다.

"농담도 분수가 있지 않소!"

코

버럭 성을 내며 말했다.

"나는 냄새를 맡는 코가 없어져 버렸단 말이오! 당신 눈에는 보이지 않소? 담배 같은 건 이제 보기만 해도 진절머리가 날 지경이오. 그따위 싸구려 담배는 고사하고 프랑스 제 담배를 권한대도 나한테는 매한가지란 말이오!"

이렇게 내뱉듯 말하고 머리끝까지 화가 나서 신문사를 뛰쳐나오고 말았다. 이어 소령은 경찰서장을 찾아갔다.

코발레프 소령이 찾아갔을 때 경찰서장은 마침 기지개를 켜고 헛기침을 하면서 '두어 시간 잠이나 푹 잘까' 하고 생각하던 때였다. 그러므로 팔등관이 자신을 찾아온 것이 매우 불만스러웠을 것이다. 이 경찰서장은 온갖 종류의 예술품과 공예품에 관심이 많았다. 특히 소중히 여기는 것은 지폐였다.

"그저 그만이거든."

그는 언제나 이렇게 말했다.

"이보다 더 좋은 물건은 세상에 없지. 먹을 걸 달라고 하나, 장소를 넓게 차지하길 하나, 언제나 주머니 속에 들어 있고, 어쩌다 떨어뜨려도 깨지거나 부서지는 일이 없으니 말이야."

경찰서장은 무뚝뚝하게 코발레프 소령을 맞았다. 그리고 점심식사 후는 사건을 심리하기에 적당한 시간이 아니라느니, 사람은 선천적으로 식후에는 잠시 동안 휴식을 해야 하는 동물이라느니— 이 말을 듣고 경찰서장이 선현들의 격언을 굉장히 많이 알고 있다

고 생각했다—똑똑한 사람이라면 코를 떼이는 일은 결코 없을 것
이라느니 하며 되지 못한 말을 늘어놓았다.

　이것은 눈에 직접 대고 주먹질을 하는 것과 다를 바가 없었다.
여기서 말해 둘 것은, 코발레프 소령이 걸핏하면 불끈하고 화를 내
는 성격이라는 것이다. 자신에 관한 것이라면 얼마든지 아량을 베
풀 용의가 있지만, 관등이나 계급에 관련되는 경우는 절대로 그냥
넘어가지 못했다. 연극 같은 데서 위관급에 관한 것이면 무엇이든
묵과할 수 있지만 영관급에 속하는 사람을 조롱하는 따위의 장면
은 절대로 용서해서는 안 된다는 생각을 품고 있었다.

　이와 같은 경찰서장의 말에 어찌할 줄을 몰라, 고개를 가로 저으
며 두 손을 벌려 보이고 위엄을 부려 말했다.

　"솔직히 말해서 그런 모욕적인 언사를 계속 하시면 더 아무 말도
할 수 없습니다."
하고는 그냥 나와 버렸다.

　자기 발자국 소리조차 듣는 둥 마는 둥 집으로 돌아왔다. 집에
도착했을 때는 저녁 무렵이었다.

　이렇게 모든 노력이 헛수고가 되고 나니, 집마저 을씨년스럽고
초라하게만 보였다. 현관에 들어서니, 가죽을 씌운 헐어 빠진 소파
위에 이반이라는 하인 놈이 팔자 좋게 드러누워 천장에다 침을 올
려 뱉고 있었다. 그런데 용하게도 한 자리에 가서 명중했다. 무척
이나 무사태평한 그 꼴을 보자니 불끈 화가 치밀어 올라 모자로 하

인의 이마를 때리며 호통을 쳤다.

"이 돼지만도 못한 놈아, 그게 무슨 쓸데없는 짓이야!"

이반은 벌떡 일어나서 재빨리 소령의 등뒤로 돌아가 외투를 받았다. 소령은 자기 방에 들어서자 온몸이 나른하고 마음이 서글퍼져 맥없이 안락의자에 몸을 던지고는 두세 번 땅이 꺼지게 한숨을 내쉬고 나서 얼마쯤 있다가 입을 열었다.

"이렇게 기막힐 때가 어디 있담! 팔이 하나 없어지거나 다리가 하나 떨어져도 이보다는 나을 거야. 양쪽 귀가 다 없어져도, 흉하기는 하겠지만 그래도 참을 수 있어. 그러나 코가 없어서야 도대체 어떻게 하느냔 말이야. 부엉이라고 보면 부엉이도 아니고, 사람이라고 보면 사람도 아니고……. 아무짝에도 쓸모가 없다니까! 그것도 전쟁이나 결투에서 떨어져 나갔거나, 실수로 그렇게 되었다면 몰라도, 이건 무엇 때문인지 영문도 모르게 없어지지 않았느냔 말이야! 내 참, 어처구니가 없어서. 아니야, 아무리 생각해도 이건 있을 수 없는 일이야!"

잠시 생각에 잠겼다가 다시 계속했다.

"코가 없어지다니, 믿을 수 없는 일이야. 아무리 생각해도 이상해. 내가 꿈을 꾸고 있는 게 아니면 환상일 거야. 어쩌면 면도를 하고서 보드카를 물인 줄 알고 마셔 버렸는지도 몰라. 바보 같은 이반 녀석이 술인 줄 모르고 내준 것을 멋모르고 들이마셨는지도 모르지."

소령은 자신이 취했는지 아닌지를 실제로 확인해 보려고 몸을 힘껏 꼬집고는 "아얏!" 하고 비명을 질렀다. 아픈 것으로 보아 현실에서 살아 움직이고 있음이 분명했다.

조심조심 거울 쪽으로 다가갔다. 그래도 처음에는 혹시 코가 제자리에 돌아왔을지 모른다는 기대에 눈을 가늘게 뜨고 거울 속을 들여다보았다. 하지만 다음 순간 흠칫 뒤로 물러나며 중얼거렸다.

"이게 도대체 뭐야!"

사실 이것은 도무지 이해할 수 없는 일이었다. 단추나 은수저나 시계 따위가 없어졌다면 거기에는 반드시 없어진 이유가 있을 것이다. 게다가 내 집에서 일어난 사건이 아닌가!

코발레프 소령은 여러 가지 사정을 종합해 보았더니 이 사건의 범인은 대령 부인인 포드토치나일 것이라는 결론에 도달했다. 부인은 자기 딸과 결혼해 주기를 바라고 있다. 코발레프 소령 역시 그 딸에게 집적거렸다. 하지만 결정적인 언질만은 회피했다. 그러다가 대령 부인이 자기 딸과 결혼해 달라고 대놓고 말하자, 아직 젊으니까 앞으로 오 년쯤 관리 생활을 더 하고 나서, 그때는 자기도 마흔두 살이 될 테니 더 시간이 필요하다는 따위의 좋은 말로 적당히 얼버무렸다. 그래서 여기에 대한 앙갚음을 하려고 대령 부인이 마술쟁이 노파를 시켜 자기 얼굴을 못쓰게 만든 것이 분명했다. 그렇지 않고서야 성한 코가 갑자기 잘려 나갈 리 만무하지 않은가!

그날 저녁, 소령 방에 들어왔던 사람은 아무도 없다. 이반 야코블레비치가 와서 면도를 한 것은 수요일이었는데, 수요일은 말할 것도 없고 그 이튿날인 목요일에도 온종일 코는 제자리에 붙어 있었다. 이것은 똑똑히 기억하고 있을뿐더러 확실한 사실이다.

그런데 더 이상한 것은 코가 잘려 나가면 아파야 할 게 아닌가? 코를 잘라 낸 자리만 해도 이렇게 빨리 아물어서 반질반질한 것도 이상하다. 그는 정식으로 법적 절차를 밟아 대령 부인을 법정에 끌어 낼 것인지, 아니면 직접 그 집에 찾아가서 담판할 것인지를 이리저리 머릿속으로 궁리해 보았다.

혼란스러운 생각들은 방문 틈새로 갑자기 들어온 불빛으로 중단되고 말았다. 이반이 문간방에서 촛불을 켠 모양이었다. 잠시 후 이반이 촛불을 받쳐들고 방 안을 환하게 밝히며 들어왔다. 코발레프 소령은 서둘러 손수건을 집어들어 이제까지 코가 붙어 있던 자리를 황급히 가렸다. 어리석은 하인 녀석이 코가 없는 얼굴을 발견하고 한참을 바라볼 수 있어 위험했다.

이반이 자기 방으로 물러가자마자 이번에는 현관에서 낯선 목소리가 들려왔다.

"여기가 팔등관 코발레프 씨 댁입니까?"

"들어오십시오."

"코발레프 소령은 어디 계십니까?"

소령은 벌떡 일어나서 방문을 열었다. 방에 들어온 것은 알맞게

살찐 볼에 거무스름한 구레나룻을 기른, 풍채가 좋은 경관으로 이 소설의 첫머리에서 이사키예프 다릿목에 서 있던 바로 그 경관이었다.

"혹시 코를 잃어버리지 않았습니까?"

"네, 그렇습니다."

"그걸 찾았습니다."

"정말입니까?"

코발레프 소령은 저도 모르게 크게 소리를 질렀다. 얼마나 반가운지 말이 잘 안 나올 정도였다. 그는 눈을 크게 뜨고 자기 앞에 서 있는 경찰관의, 촛불의 빛을 받아 번쩍이는 두터운 입술과 양쪽 볼을 바라보았다.

"찾았습니까?"

"참으로 우연하게, 말하자면 멀리 도망치려는 놈을 잡았습니다. 역마차를 타고 라트비아의 리가 방면으로 도망치려던 찰나였지요. 꽤 오래 전에 어느 관리의 이름으로 여행 증명서까지 받았더군요. 저도 처음에는 신사로 착각했지요. 다행히 제가 마침 안경을 쓰고 있었기 때문에 그놈이 코라는 것을 당장에 알아챘지요. 원래 저는 근시라서 이렇게 눈앞에 당신이 서 있어도 얼굴만 어렴풋이 알아볼 수 있지 코나 수염 같은 건 분간하지 못합니다. 저희 장모님도 눈을 뜬 장님이나 다름없지요."

이제는 제정신이 아니었다.

"그래 그놈은 어디 있습니까? 어디 있는지 당장 달려가 봐야겠습니다!"

"염려 마십시오. 당신한테 꼭 필요할 것 같아서 가지고 왔습니다. 그런데 일이 참 묘하게 됐더군요. 이 사건의 범인은 보즈네센스키 거리에 사는 이발사로, 지금 유치장에 들어가 있어요. 평소부터 그놈이 술주정뱅이로, 도둑질도 능히 할 만한 작자라 생각하고 있었는데 결국 그저께 어느 상점에서 단추 한 다스를 슬쩍했지 뭡니까. 어쨌든 당신의 코는 아무런 이상이 없습니다."

경관은 이렇게 말하며 호주머니에 손을 넣어 종이로 싼 코를 꺼냈다.

"네, 바로 이것입니다!"

소령은 소리쳤다.

"틀림없군요! 경관님, 차라도 한잔 함께 드시지요."

"감사합니다만, 그럴 수가 없습니다. 이제부터 형무소에 볼일이 있어서요. 요즘 식료품 값이 굉장히 올랐더군요. 우리 집에는 장모님이 와서 얹혀 살고, 어린아이도 우글우글해서……. 하긴 제 큰놈은 아주 영리해서 장래가 촉망됩니다만, 생활비를 댈 재간이 없습니다."

경관이 돌아간 후에도 코발레프 소령은 얼마 동안 달리 표현할 수 없는 기분에 휩싸여 멍하니 앉아 있기만 했다. 몇 분이 지난 후에야 차츰 사물을 보고 느낄 수 있게 되었다. 두 손을 한데 모아서 그 위에 다시 되찾은 코를 올려놓고 또 조심스럽게 들여다보았다.

"틀림없어! 내 코가 틀림없어!"

하고 되풀이했다.

"그렇지, 여기 왼쪽에 어제 솟은 여드름이 있군."

얼마나 반갑고 기뻐하는지 금방 웃음을 터트릴 것처럼 보였다.

하지만 이 세상에서는 무엇이든 오래 지속되지 않는 법이다. 기쁨도 시간이 흐르면서 그리 대수롭지 않게 되고, 시들해져서 예사로운 감정이 되어 버린다. 그것은 조그만 돌이 물에 떨어졌을 때 생긴 파문이 마침내 다시 유리알 같은 수면으로 되돌아가는 것과도 같다.

소령은 생각에 잠겼다. 그리고 사건이 끝나지 않았다는 것을 깨달았다. 코는 분명히 찾았지만, 이제 그것을 다시 제자리에 붙여야 하는 문제가 남은 것이다.

"만일 절대로 붙지 않는다면 어떻게 한다?"

이렇게 자신에게 묻고 소령은 그만 얼굴이 핼쑥해졌다. 표현할 수 없는 두려움을 느끼며 책상으로 달려가서 거울을 꺼내 놓고, 어떻게 해서든 코를 비뚤어지지 않게 붙여야겠다고 생각했다. 손이 부들부들 떨렸다. 조심조심 코를 제자리에 올려놓았다. 그러나 코는 붙지 않았다! 코를 입에 갖다 대고 입김으로 따뜻하게 녹여 다시 두 볼 사이의 빈 공간에 얹어 보았다. 그러나 아무리 해도 코는 그대로 붙지 않았다.

"이놈아! 가만히 좀 붙어 있어! 바보 같으니!"

하고 코를 타일러 보았다. 그러나 코는 들은 체 만 체 병마개 따는 소리 같은 야릇한 소리를 내며 책상 위로 떨어졌다. 소령의 얼굴은 경련을 일으키며 일그러졌다.

"기어이 붙지 않는다는 건가?"

어이가 없다는 듯이 말했다. 다시 몇 번을 되풀이해서 제자리에 놓았지만 역시 헛수고였다.

소령은 이반을 불러 의사를 모셔 오라고 했다. 의사는 같은 건물 이층의 훌륭한 집에서 살았는데, 풍채가 좋고 윤기가 나는 멋진 수염을 길렀다. 더구나 그는 젊고 건강한 아내와 함께 살았다.

그는 매일 아침 일찍 일어나 신선한 사과를 먹고 거의 사십오 분 동안 양치질을 하는데, 다섯 가지 칫솔로 이를 닦아 입 안을 항상 깨끗하게 했다. 의사가 곧 왕진을 왔다.

의사는 이런 불행이 일어난 지가 얼마나 오래 되었느냐고 묻고 나서, 코발레프 소령의 턱에 손을 대고 얼굴을 받쳐 올리더니, 코가 붙었던 장소를 손가락으로 탁 튀겨 보았다. 소령은 움찔하며 머리를 뒤로 젖히는 바람에 뒤통수를 벽에 부딪혔다. 의사는 이 정도라면 걱정할 것은 없다면서, 벽에서 좀 떨어져 앉게 한 다음, 오른쪽으로 얼굴을 기울이게 하여 코가 붙었던 자리를 만져 보며 "흠!" 하고 나서, 다음에는 왼쪽으로 기울이게 한 뒤 역시 "흠!" 하고 한숨을 내쉬었다. 마지막으로 또 한번 손가락으로 그곳을 탁 튀겨,

코발레프 소령은 치아 검사를 받는 말처럼 목을 움츠렸다. 진찰이
끝난 후 의사는 고개를 저으며 말했다.

"어렵겠는데요. 이대로 그냥 놔두는 편이 상책일 것 같군요. 섣
불리 건드렸다가는 더 좋지 않을 겁니다. 그야 물론 코는 붙일 수
있지요. 당장이라도 붙일 수 있습니다. 하지만 당신을 위해서 하는
말인데, 그렇게 하면 오히려 해롭습니다."
하고 말했다.

"그렇더라도 지금보다 더 꼴사납게 될 리는 만무하지 않습니까.
정말이지 이런 꼴불견인 얼굴로 어디를 갈 수 있겠습니까? 나는
훌륭한 사람들과 만남이 있어서, 오늘 저녁만 해도 두 군데 약속이
있습니다. 체흐타레바 오등관 부인, 포드토치나 대령 부인이라든
가……. 하기는 포드토치나 부인은 이번 일 때문에 경찰서에서나
만나면 모를까 그 밖에는 만날 필요가 없게 되었습니다만……. 그
러니 제발 좀 봐주십시오……."

코발레프 소령은 애원하다시피 말했다.

"무슨 방법이 없을까요? 어떻게 해서든지 코를 붙여만 주십시
오. 보기 좋건 흉하건 상관없이 떨어지지만 않으면 됩니다. 좀 위
험할 것 같다면 한 손으로 가볍게 누르고 있겠습니다. 그리고 앞으
로 춤도 추지 않겠습니다. 잘못하다가 코를 다칠지 모르니까요. 치
료비는 힘닿는 데까지 최대한 해 드릴 테니 그 점은 조금도 염려하
지 마시고……."

"이렇게 말하면 어떠실지 모르겠습니다만……."

하고 의사는 높지도 낮지도 않은, 그러나 힘차고 매력 있는 음성으로 말했다.

"돈 때문에 의사 노릇을 하고 있는 것이 아닙니다. 오직 돈 때문만이라면 신념과 인술을 위배하는 것이니까요. 왕진료를 받는 건 사실이지만, 왕진을 거절하면 치료를 요청한 환자의 기분을 상하게 하는 건 아닐까 하는 염려 때문입니다. 물론 코를 당장에라도 붙여 드릴 수 있지만, 결과는 붙이지 않는 것만 못할 겁니다. 이만큼 진심으로 말해도 내 말을 믿지 않겠습니까? 아예 손을 대지 말고 그대로 놔두는 게 최선이지요. 그 자리를 냉수로 자주 씻으십시오. 사실 코가 없어도 있을 때처럼 건강에는 지장이 없으니까요. 그리고 코는 병에 넣어 알코올에 담가 두면 좋을 겁니다. 아니, 그보다 병 속에 독한 보드카와 따뜻하게 데운 식초를 두어 스푼 넣는 편이 좋겠군요. 그렇게 제대로 보관하면 상당한 금액을 받을 수 있을 겁니다. 값을 아주 비싸게 부르지만 않는다면 팔아 드릴 수도 있습니다만."

"천만의 말씀을! 코를 팔다니 말이 됩니까!"

절망에 빠진 코발레프 소령은 펄쩍 뛰며 이렇게 외쳤다.

"차라리 그냥 없애 버리는 편이 나을 거요."

"실례했습니다."

의사는 허리를 굽히며 말했다.

"성의껏 봐 드리려 했습니다만, 어쩔 수가 없군요! 그러나 적어도 제가 노력했다는 것만은 당신도 인정하시지요?"

이렇게 말하고 나서 의사는 점잔을 빼며 방에서 나갔다. 소령은 의사의 얼굴조차 제대로 보지 못했다. 깊은 무감각 상태에서 겨우 눈에 들어온 것은 의사의 검정 모닝 코트 소매 끝으로 삐져 나온 흰 루바슈카의 커프스뿐이었다.

이튿날 소송을 제기하기에 앞서 대령 부인에게 편지를 보내, 그녀가 자기에게 돌려주어야 할 것을 당연히 돌려줄 것인지 알아보기로 했다.

친애하는 알렉산드라 그리고리예브나

당신의 괴이한 행동을 도저히 이해할 수 없습니다. 그렇게 해 봐야 자신한테 조금도 이롭지 못하며 따님과 억지로 결혼하게 할 수도 없다는 것을 알아주시기 바랍니다.

내 코와 관련된 사건의 경위는 지극히 분명하게 드러난 사실이며, 따라서 주모자가 바로 당신이라는 것도 명백합니다. 갑자기 코가 떨어져 나가 스스로 관리로 변장하며 원래 모습으로 되돌아오기도 했다는 것은, 당신이나 당신과 비슷한 짓을 하는 이들이 마술을 부린 것이 아니고 무엇이겠습니까?

만약에 코가 오늘 안으로 본래의 위치에 돌아오지 않을 경우에 저는 하는 수 없이 이 사건을 법에 호소할 수밖에 없다는 것을 미리 알려 드립니다.

여전히 당신에게 최대의 경의를 표하는
플라톤 코발레프

친애하는 플라톤 코발레프에게

보내주신 편지 읽고 얼마나 놀랐는지 모릅니다. 솔직히 말씀드려서, 무슨 잘못이라도 한 것처럼 이런 꾸지람을 받으리라고는 꿈에도 생각하지 못했습니다. 첫째로 저는 당신이 말씀하시는 그런 관리는, 변장을 했건 하지 않았건 한 번도 집에 들여놓은 일이 없습니다. 필리프 이바노비치 포탄치코프라는 분이 오신 일이 있습니다만, 그분은 품행이 바르고 학식도 많은 신사로 내 딸에게 청혼하려는 눈치였지만 나는 아무런 언질도 주지 않았습니다.

그리고 편지에서 계속 코를 이야기하시는데, 혹시 제가 당신 코를 때렸다는 말씀이신가요? 다시 말해서 우리가 청혼을 거절하려 한다는 뜻인가요? 그렇다면 천만에 말씀입니다. 그렇게 말씀한 쪽은 오히려 당신이고, 그 당시도 제 생각은 당신과 정반대였으니까요.

따라서 지금이라도 정식으로 딸애한테 청혼하신다면 언제든지 쾌히 응할 용의가 있습니다. 그것은 항상 마음속으로 바라던 것이니까요. 그럼, 좋은 소식이 있기를 기다리며 이만 줄입니다.

알렉산드라 포드토치나

"아니야!"

편지를 읽고 나서 소령은 이렇게 말했다.

"그 여자는 아무런 죄가 없는 게 확실해. 그렇고말고! 죄가 있다면 이런 편지는 쓸 수 없거든."

소령이 이런 방면으로 사리가 밝은 것은 그만한 이유가 있었다. 카프카스 지방에서 근무할 때 사건의 심리를 몇 번 맡아본 경험이 있기 때문이었다.

"그렇다면 대체 왜, 무슨 운명의 장난으로 이런 사건이 일어났을까? 갈수록 혼란스럽군!"

하며 맥없이 두 팔을 축 늘어뜨렸다.

어느새 이 괴상한 사건은 온 장안에 퍼지고 말았다. 소문이 늘 그렇듯이, 이 사람에서 저 사람에게 옮겨질 때마다 허무맹랑한 꼬리가 덧붙여지게 마련이다. 이 무렵 사람들은 모두 신기한 이야깃거리를 좇고 있었다. 얼마 전부터 자기학 실험이 크게 유행했고, 코뉴센나야 거리에 춤추는 의자가 있다는 소문도 퍼졌다. 때문에 팔등관인 코발레프의 코가 오후 세 시만 되면 넵스키 거리를 산책한다는 소문이 나돈 것도 그다지 이상한 일은 아니다.

호기심이 강한 사람들이 날마다 수없이 모여들었다. 누군가 코발레프 소령의 코가 윤케르 상점에 들어갔다고 지껄이면 그 상점 앞은 금세 인산인해를 이루고, 경관이 사람들을 정리하지 않으면 안 될 지경에 이르고 말았다. 극장 입구에서 여러 가지 과자 부스러기를 팔던, 구레나룻을 기르고 허우대가 제법인 사기꾼도 그 장사를 거두고 이번에는 코가 나타난다는 상점 앞쪽에 벤치를 여러 개 만들어 호기심으로 모인 이들에게 한 사람 앞에 팔십 코페이카씩을 받았다.

어느 고참 대령은 일부러 집을 일찍 나서서 윤케르 상점에 나타나는 코를 구경하려고 군중을 헤치고 겨우 문 앞으로 갔다. 그러나 상점 창문으로 보이는 것은, 흔해 빠진 털옷 한 벌과 석판으로 인쇄한 그림 한 장뿐이었다. 그림은 스타킹을 고쳐 신고 있는 처녀와, 그 장면을 나무 그늘에 숨어 바라보는, 짧은 수염에 조끼를 두 겹 입은 사내를 그린 것이었다. 그 그림은 이미 십 년 전부터 그 자리에 걸려 있던 것이었다. 대령은 상점에서 나오며 입맛이 쓰다는 듯이 중얼거렸다.

"어째서 세상 사람들은 이처럼 어리석고 터무니없는 소문을 가지고 법석을 떠는 걸까?"

이번에는 넵스키 거리가 아니라 타브리체스키 공원에 소령의 코가 나타난다는 소문이 퍼졌다. 그곳에 나타난 지가 이미 오래 되었다느니, 페르시아 왕자인 호스로프 미르자가 그곳에 살고 있을 때도 그런 괴이한 사건이 일어나서 그를 몹시 놀라게 했다느니 등등 별별 소문이 떠돌았다. 의과 대학 학생 몇 명은 일부러 견학을 하러 그 공원을 찾아갔다. 어느 유명한 귀부인은 공원 관리인에게 편지를 보내어 자기 자녀들한테 그 괴이한 일을 구경시켜 달라며, 가능하다면 교훈이 되도록 설명도 해 주면 고맙겠다고 했다.

이 소동을 손뼉이라도 칠 듯이 좋아한 사람들은, 파티라면 빼놓지 않고 찾아다니는 사교계 남자들이었다. 그들이란 늘 여자들을 즐겁게 하는 데 열중했는데, 마침 재미있는 이야깃거리가 떨어져 곤란해하던 때였다.

그러나 몇 명에 지나지는 않았지만, 점잖고 생각이 깊은 신사들은 그것을 못마땅하게 여겼다. 어느 신사는 분노에 차, 오늘날과 같은 문명 개화 시대에 그따위 황당무계한 소문이 퍼질 수 있는지 모르겠다며, 정부에서 이에 대해 적극 나서지 않는 것도 놀라운 일이라고 말했다. 이 신사는 분명히 정부가 모든 일을, 심지어 자기 집 부부 싸움까지 간섭하기를 바라는 모양이었다.

이런 일들이 있은 후 이 사건은 또다시 미궁에 빠졌다. 그래서 그 뒤로 코가 어떻게 되었는지는 전혀 알 길이 없었다.

3

세상에는 어처구니없는 일이 많다. 도저히 곧이듣기 어려운 일이 일어나기도 한다. 한때는 오등관 행세를 하며 마차를 타고 돌아다녀 온 장안을 떠들썩하게 한 그 코가 갑자기 아무 일도 없다는 듯이 시치미를 떼고 코발레프 소령의 얼굴 한복판으로 돌아왔다.

어느새 사월 칠 일이 되었다. 코발레프 소령은 잠에서 깨어나 습관처럼 거울을 들여다보았다. 그런데 코가 있지 않은가! 손으로 코를 만져 보았다. 틀림없이 코였다!

"와!"

소리를 지르며 얼마나 반가웠는지 맨발로 껑충껑충 춤을 추기까지 했다. 그때 마침 이반이 들어왔으므로 춤을 멈추었다. 소령은 즉시 세면 도구를 가져오라고 했다. 세수를 하고 다시 한번 거울을 들여다보았다. 코다! 수건으로 얼굴을 닦고 또 보았다. 역시 코가 있다!

"여보게 이반, 콧잔등에 여드름이 난 것 같은데 좀 봐 주게."
하고 말했다. 그러면서도 마음속으로는,

'괜한 걸 물었군! 혹시 이반이 '나리, 여드름은 고사하고 코가 보이지 않습니다' 라고 하면 어쩌려고!'
하고 후회했다.

그러나 이반은,

"여드름이 다 뭡니까. 아무것도 없어요. 보세요. 코는 아주 말쑥합니다."
라고 대답했다.

"좋아, 아주 좋아!"
하고 소령은 혼잣말을 하며 손가락을 탁 튕겼다. 바로 이때 얼굴을 들이민 인물이 있었는데 그는 이발사 이반 야코블레비치였다. 이발사는 버터를 훔쳐 먹다가 주인에게 호되게 얻어맞은 고양이처럼 겁에 질린 얼굴을 하고 있었다.

"물어보겠는데, 손은 깨끗한가?"

이발사가 가까이 오기도 전에 이렇게 큰 소리로 물었다.

"예, 깨끗합니다."

"거짓말은 아니겠지?"

"예, 정말로 깨끗합니다, 나리."

"좋아. 조심해서 잘 해주게."

하고는 의자에 앉았다. 이반 야코블레비치는 코발레프 소령의 몸에 흰 보자기를 씌웠다. 그러고는 눈 깜짝할 사이에 비눗솔로 부잣집 생일 잔치에 나오는 케이크 크림같은 거품을 수염과 볼에 잔뜩 비누질했다.

"음, 틀림없어!"

이발사는 코를 내려다보며 중얼거렸다. 그리고 이번에는 옆으로 고개를 기웃했다.

"역시 생각했던 대로야!"

하고는 한참 동안 코만 바라보았다. 이윽고 코끝을 쥐려고 조심스럽게 두 손가락을 펴 들었다. 이반 야코블레비치가 면도를 할 차례였다.

"이봐, 조심해야 하네!"

하고 소령이 외쳤다. 이반 야코블레비치는 흠칫 손을 들이밀었다.

그는 처음으로 소령의 태도가 불만스러웠다. 한참 후에야 비로소 면도칼을 턱밑에 살며시 갖다 댔다. 코에 손을 대지 않고 면도를 하려니 여간 불편하고 곤란한 일이 아니었다. 그래도 꺼칠꺼칠한 엄지손가락으로 볼과 아랫입술을 누르는 등 불편을 참고 면도질을 말끔하게 끝낼 수 있었다.

면도가 끝나자 코발레프 소령은 곧바로 옷을 갈아입고, 마차를 잡아탄 뒤 제과점으로 갔다. 상점에 들어서자마자,

"코코아 한잔!"

하고 큰 소리로 주문했다. 그리고는 서둘러 거울 앞으로 갔다. 코가 제자리에 붙어 있는 것을 확인하고 환한 미소를 띠우며 뒤를 돌아보았다. 눈을 가늘게 뜨며 비웃는 듯한 표정으로 두 명의 군인에게 시선을 보냈다. 그중 한 명의 코는 크기가 조끼 단추 만했다.

제과점을 나온 그는 평소에 부지사나, 그것도 안 되면 감찰관 자리라도 하나 얻으려고 찾아다니던 그 관청으로 발길을 돌렸다. 수위실 옆을 지나면서 슬쩍 거울을 들여다보았다. 여전히 코는 붙어 있었다. 다음에는 팔등관, 즉 소령인 친구를 찾아갔다. 이 친구는 언제나 남의 아픈 곳을 찔러 약을 올리기 좋아했다. 그럴 때마다 코발레프 소령은,

"자네가 아무리 지껄여 봐야 바늘 끝으로 찌르는 것만큼도 아프지 않네."

하고 응수하곤 했다. 이 친구에게 가는 도중에도,

'만일 그 녀석이 나를 보고도 배를 움켜쥐고 웃지 않는다면 그것
이야말로 코가 제자리에 붙어 있다는 증거야.'
라고 생각했다.

그러나 그 팔등관 친구는 아무 말도 없었다.

'틀림없군!'
라고 소령은 속으로 만세를 불렀다.

돌아오는 길에 대령 부인과 그 딸을 만났다. 아는 체를 하자 모
녀는 소령을 매우 반가워했다. 그것으로 자신에게 아무런 결함도
없다는 것을 알았다. 꽤 오랫동안 길가에 서서 여자들과 얘기를 나
누었다. 그리고 일부러 한참 동안 코담배를 피웠다. 그러면서도 속
으로는 이렇게 말했다.

'어리석은 여자들이야! 아무튼 당신 딸한테는 장가들지 않겠소.
다른 이유가 있는 건 아니지만……. 흥, 미안하게 됐습니다!'

이리하여 코발레프 소령은 그 후부터 아무 일도 없었던 것처럼
넵스키 거리를 거닐었고 극장이나 그 밖의 어떤 장소에도 거리낌
없이 나타났다. 코 역시 아무 일 없다는 듯이 그의 얼굴 한복판에
들러붙어서 달아날 눈치는 전혀 보이지 않았다.

그런 일이 있은 후 코발레프 소령은 언제 보아도 기분이 좋아서
싱글벙글했고, 예쁜 여자라면 아무한테나 추파를 던졌다. 한번은
시장 상점 앞에서 걸음을 멈추고 훈장을 거는 수를 사기도 했다.
하지만 그것을 어디에 쓰려고 샀는지 알 수 없었다. 왜냐하면 소령

은 지금껏 훈장을 받은 일이 없었기 때문이다.

드넓은 우리나라 북쪽 수도에서 일어난 사건의 내용은 대략 이렇다. 이 사건은 누가 생각해 봐도 믿기 힘든 것이 한두 가지가 아니다. 코가 도망쳐서 오등관의 예복을 입고 여기저기 나타난다는 것도 현실성이 없는 일이다.

그것을 무시하고서도, 코발레프와 같은 인물이, 신문에 잃어버린 코를 되찾겠다는 광고를 낼 수 없다는 것도 몰랐을까? 물론 비싼 광고료 때문만은 아니다. 아니 그것은 문제도 아니다. 더구나 나는 돈만 밝히는 족속과는 거리가 멀다. 하지만 이것은 여간 창피하고 불쾌한 일이 아니다! 어떻게 구운 빵 속에 코가 들어갈 수 있을까? 이반 야코블레비치는 어째서……. 도저히 이해할 수 없다. 더는 이해할 수 없다.

무엇보다 이해하기 어려운 점은 작가들이 어떻게 이런 종류의 사건을 소재로 글을 쓸 생각을 했느냐 하는 점이다. 사실 이것은 인간의 두뇌로서는 풀 수 없는, 아니, 나로서는 도저히 이해할 수 없는 문제다. 첫째로 이런 사건을 다루어 봐야 국가적으로 이로울 것이 하나도 없고, 둘째로는…… 역시 아무런 이익도 없을 것이다. 하여튼 어떻게 된 일인지 도무지 알 수가 없다.

그러나 하나하나 따진다면 전체적으로 이 사건을 이해할 수 있을지도 모른다. 하나에서 열까지 모두가 비현실적인 이야기이지

만, 곰곰이 생각해 보면 이 이야기는 무엇인가를 숨기고 있다. 누
기 뭐라고 해노 이와 비슷한 사건들은 이 세상에서 일어날 수 있
다. 흔하지는 않지만 있을 수 있는 일임은 사실이다.

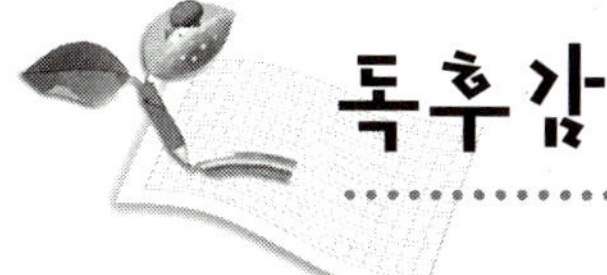

독후감
길라잡이

외투

주인공 아카키 아카키예비치는 관청에서 서류를 정서하는 일을 맡아보고 있는 구등관 신분의 하급 관리랍니다. 그는 주변이 없고, 가난해서 일생 동안 결혼도 못한 채 머리가 벗겨질 때까지 항상 같은 일만 해 온 인물입니다. 상관이 다른 좋은 일을 알선해 주어도 그 일을 감당하지 못한 채 제자리로 돌아오는, 좀 모자라는 사람이기도 하죠.

동료들의 조롱의 대상이 되어 구박을 받아도 그는 투덜거리는 일 없이 자기 일에만 충실합니다. 그에게는 일이 자신의 애인이자 생활이며 모든 것이죠. 그는 얼마나 가난한지 길을 걸을 때도 신발이 닳지 않으려고 사뿐사뿐 가볍게 걷곤 했답니다.

어느 날 겨울, 다 떨어진 낡은 외투밖에 없는 그가 먹을 것을 먹지 않고 돈을 모아서 새 외투를 장만합니다. 그 외투를 입고 관청에 출근하던 날이 일생에 가장 보람되고 행복한 순간이었습니다. 하지만 새 외투를 입은 그는 그만 외투 산 것을 축하해 주려고 열린 연회에서 밤늦게 집으로 돌아오다가 괴한들에게 외투를 날치기 당하고 맙니다.

외투를 잃어버린 것은 주인공에게 생의 목적을 잃어버린 것과 다름없는 것이라 외투를 찾기 위해 장관에게 탄원을 했습니다. 하지만, 장관은 모든 일을 관료주의적으로 처리하는 것을 즐기는 인물로, 허영이 많은 위인이었습니다. 그때 마침 그 장관의 친한 친구가 와 있었기 때문에 장관은 자신의 권위를 내보이려고 주인공을 심하게 혼내 쫓아내지요.

외투를 찾을 수 있는 마지막 희망이 사라진 주인공은 그것이 원인이 되어 고민 끝에 죽고 맙니다. 그 뒤로 페테르부르크 시에서는 유령이 나타나 지나가는 행인들의 외투를 빼앗는 일이 자주 일어났습니다. 어느 날 밤, 주인공을 고민 끝에 죽게 한 장관은 연회에서 마차를 타고 돌아오는 길에 유령을 만나, 새 외투를 빼앗깁니다. 그리고 그 후로 다시는 유령이 나타나지 않았지요.

코

3월 25일, 페테르부르크에서 괴상한 일이 일어났습니다. 이발사 이반 야코블레비치가 먹으려고 한 빵에서 면도를 하러 오는 손님 팔등관 관리 코발레프의 코가 들어 있었습니다. 빵은 잘 구워져 있었는데, 코는 그렇지 않은 것이 이상했습니다. 이발사의 부인은 그것을 빨리 내다 버리라고 했습니다.

이발사는 경찰이 이 사실을 알 것이 두려워 코를 밖으로 들고 나왔지요. 코를 내다버리려고 했지만, 여건상 쉽게 그렇게 하지 못했습니다. 코를 이씨키예프 다리에서 버렸는데, 그 순간 순경에게 그 장면을 들키고 말았고, 무슨 짓을 했는지 추궁 당했습니다. 그 뒤 그 사건은 세상 사람들로부터 완전히 묻혀 버리고 말았습니다.

주인공 팔등관 코발레프는 아침에 자신의 코가 없어진 것을 알고 경찰서로 달려갔습니다. 이 팔등관은 소령이라고 불리는 것을 좋아하는 미혼으로 외모를 중시하는 사람인데 코가 없어졌으니 여간 큰 문제가 아닐 수 없었지요.

그런데 주인공은 경찰서로 가는 길에서 자신의 코가 예복을 입고 어떤 집을 방문하고 교회당도 가는 것을 목격했습니다. 뒤를 따라가 보았더니 오등관으로 신분이 상승한 코가 기도를 드리고 있었답니다. 주인공은 코에게 왜 멋대로 다니느냐고 항의했지만 코는 그를 무시했습니다. 그곳에서 멋쟁이 여인을 만났지만 그 여자도 코가 없었습니다.

주인공은 자신의 코가 또다시 사라진 것을 알고 거리로 찾으러 나갔는데 찾지 못했습니다. 경찰서장을 만나려다가 마차를 타고 신문사로 갔습니다. 코를 찾는 광고를 내려고 했지만 거절당하고 말았습니다. 다시 경찰서장을 찾아갔지만 아무런 소득도 얻지 못한 채 집으로 돌아왔습니다.

그런데 저녁 무렵 경관이 그의 코를 찾았다며 주머니에서 꺼냈습니다. 하지만 코는 다시 제자리에 붙지 않았습니다. 의사를 불렀지만 의사조차도 불가능하다고 했습니다. 주인공은 대령 부인의 음모가 있다고 생각하고 항의 편지를 보냈는데, 대령의 딸은 정중하게 혐의를 부인하고 오히려 그에게 청혼해 주기를 바라는 답장을 보내왔습니다. 그 뒤로도 코가 여기저기에 나타난다는 소문이 퍼졌지만 그 사건은 미궁에 빠졌습니다. 4월 7일, 갑자기 그 코가 돌아왔고, 아무런 이상이 없었습니다.

지은이는 작품 끝에서 이런 일이 어떻게 일어날 수 있을까 자문합니다. 하지만 이런 일은 어떤 사람에게는 충분히 일어날 수 있는 일이라고 말합니다.

2. 작품 분석하기

외투

이 작품은 현실 풍자적 · 비판적 · 조소적이며, 사회 고발적인 요소를 지니고 있습니다. 개인의 성실한 삶과 이에 대비되어 냉담하며 조소를 띤 세태를 풍자하고, 사회에서 냉대받는 인간의 슬픈 운명을 다루고 있답니다. 이 소설은 19세기 러시아 비판적 사실주의의 대표적 작품이며, 극적인 반전과 사실주의적이면서도 풍자적인 구성되었으며, 신랄한 현실 비판과 따뜻한 휴머니즘을 동시에 담고 있는 작품입니다.

▌작품의 주제 ▌ 사회에서 냉대받는 인간의 슬픈 운명을 상징하는 외투는 관료 사회의 부정부패를 비판하고 있습니다.

▌작품의 시점 ▌ 전지적 작가 시점

▌시대적 배경 ▌ 작가가 살았던 19세기로, 19세기 러시아 비판적 사실주의를 대표하는 작품입니다.

▌공간적 배경 ▌ 러시아 페테르부르크의 관료주의적 분위기의 관청

▌ 사상적 배경 ▌ 고골리는 러시아의 농노제와 관료주의의 부패를 비판한 조소적인 경향이 짙은 작품을 많이 발표했으며, 러시아 사실주의 문학의 창시자가 되었습니다. 그는 러시아 근대 문학의 아버지인 푸슈킨이 세워 놓은 사실주의를 뚜렷하게 발전시켜 러시아 사실주의를 완성했답니다.

〈외투〉는 당시 관료 계급의 위선과 부패상을 풍자했습니다. 가난한 사람들의 전형적인 모습으로 동정심을 일으키는 하급 관리가 주인공입니다. 이런 측면에서 〈외투〉는 러시아 휴머니즘 문학을 대표하는 작품이라고 할 수 있지요.

이 작품에서 고골리는 사실주의적 리얼리티에 가까이 접근하면서, 낭만주의적 잔재를 덧붙이고 있습니다. 또한 날카로운 풍자로 현실과 상상의 세계를 매우 설득력 있게 다뤄 눈물을 곁들인 웃음이 나오게 하는 데 성공합니다.

코

약간 허세가 있는 주인공 팔등관 코발레프는 어느 날 갑자기 코를 잃어버렸습니다. 그 코는 오등관이 되어 거리를 활보하며 다녔습니다. 주인공은 체면을 잃고 코를 찾으려 백방으로 노력하지만 찾지 못합니다. 하지만 어느 날 갑자기 아무 일도 없었다는 듯 코가 제자리로 돌아옵니다.

▌ 작품의 주제 ▌ 권력의 허무

▌ 작품의 시점 ▌ 전지적 작가 시점

▌시대적 배경▐ 작가가 살았던 19세기로, 19세기 러시아 비판적 사실주의의 대표 작품입니다.

▌공간적 배경▐ 러시아 페테르부르크의 사회

▌사상적 배경▐ 〈외투〉 참조

 3. 등장인물 알기

외투

아카키 아카키예비치 작달막한 키에 약간 얽은 얼굴에다가 머리털은 붉은 빛이 감돌고, 눈은 근시인 그는 관청의 말단 관리입니다. 사교성도 없고 요령 또한 없어서 다른 사람들로부터 멸시와 학대를 받습니다.

국장 일의 성과를 중시해서 아카키예비치에게 보다 중요한 일을 맡기고 명령하기도 하며 상여금을 지급하기도 합니다.

페트로비치 기분에 따라 행동이 달라지며, 술김으로 일을 맡는 경우가 많은 재봉사로 까다롭고 짐작하기 어려운 사람입니다.

경찰서장 외투를 찾아 달라는 아카키예비치에게 오히려 호통을 치고 상대조차 하지 않습니다.

젊은 관리 잔인하고 짓궂으며, 남을 골려 주기 좋아하는 사람입니다. 근거 없는 이야기로 주인공을 괴롭히기도 하죠.

부과장　　　　남에게 과시하기를 좋아하며, 외투를 핑계로 파티를 벌입니다.

고관들　　　　위선적이며 권위적인 사람들로, 아카키예비치를 죽음으로 이끈 장본인들입니다.

코

이반 야코블레비치　　　술을 좋아하는 이발사로, 어느 날 아침 빵에서 자신의 고객인 코발레프의 코를 발견하고, 겁이 나서 강에 버립니다.

코발레프　　　　팔등관으로서, 여자를 좋아하고 허세를 부리는 인물입니다. 어느 날 아침 자신의 코가 없어진 것을 알고, 여러 곳에서 자신의 코가 오등관이 되어 돌아다니는 것을 목격합니다. 그 코를 찾으려고 하지만 그것이 여의치 않고, 체면도 말이 아닙니다. 그러나 어느 날 갑자기 코가 제자리로 돌아와 체면을 찾게 됩니다.

4. 작가 들여다보기

고골리는 러시아의 작가로서, 1809년에 우크라이나의 소지주의 아들로 태어났답니다. 아버지는 연극을 좋아해서 극작가, 감독, 배우를 겸하는 예술적 재능이 풍부한 사람이고, 어머니는 신앙심이 두텁고 공상을 좋아하는 성격이었습니다. 고골리는 아버지로부터 문학적 재능, 어머니로부터는 신앙심을 이어받았다고 할 수 있지요. 그는 소년 시절을 전설과 민화, 춤과 유머가 있는 아름다운 남국의 자연 속에서 보냈습니다.

열세 살 때 집을 나와 고등학교에 들어갔는데, 이 시절에 이미 문학과 연극에 재능을 보였다고 합니다.

열여덟 살 때 아버지를 여의고, 자활의 길을 찾기 위해 페데르부르크로 상경했지만 회색 안개가 자욱한 낯선 도시는 의지할 곳 없는 시골 청년에게 너무나 냉혹했습니다. 그는 직업 배우를 지망했지만 실패하고 말단 관리가 되기도 했답니다. 하지만 비굴한 관리 근성을 두려워해서 그만두었지요.

고향인 우크라이나의 하늘을 바라보며 공상의 날개를 펴서, 민간에 내려오는 이야기들을 소재로 쓴 단편집 《디카니카 근교 야화》를 발표해 푸슈킨의 격찬을 받았습니다. 이에 힘입어 낭만주의적인 문집 《미르고로드》와 《아라베스크》를 선보여 비평가 벨린스키에게 인정을 받습니다. 이 문집에 포함된 두 작품 〈옛날 기질의 지주들〉, 〈두 이반의 싸움〉에서 그가 사실주의로 되돌아가는 것을 엿볼 수 있답니다.

1836년에 러시아의 왜곡된 사회상을 통렬하게 비판한 사회 풍자극 〈감찰관〉을 발표했지만 반동파의 맹렬한 비난을 받아 이탈리아로 떠나야 했고, 여기에서 장편 《죽은 혼》을 집필해서 1842년에 발표했답니다. 이 무렵부터 고골리는 문학과 종교의 분열에 대해 고민하기 시작했습니다. 이 양극 사이를 헤매다가 정신적인 안정을 잃은 채 〈우인과의 왕복 서간초〉를 집필해 벨린스키 등의 신랄한 비판을 받기도 했습니다. 아울러 〈작가의 참회〉를 써서 문학으로 복귀하려는 뜻을 보이기도 했습니다.

하지만 1852년에 문학이라는 악마의 유혹에 패배한 자신을 저주하고, 《죽은 혼》 2부를 불살라 버린 채 죽고 말았답니다.

그럼, 고골리의 생을 연보로 살펴볼까요?

1809년	3월 20일, 우크라이나의 폴타바 현 마르고로트 군 소르친 시 마을에서 태어남.
1822년	5월에 폴타바 현 네진 시의 9년제 고등학교에 입학함. 휴가 동안만 바실리예프가에 있고, 그 외에는 먼 친척이며 대지주인 전 법무 장관 트로시친스키의 영지 키이빈 시에서 지냄.
1825년	아버지가 사망. 이 무렵부터 같은 시대의 러시아 문학을 애독했으며, 친구들과 회람 잡지를 간행하기도 했으며, 단막극과 비극 등의 습작을 실음.
1827년	페테르스부르크로 나갈 결심을 함. 산문시 〈간스 규헤리가르덴〉을 쓴 듯함.
1828년	19세 때 고등학교를 졸업함.
1829년	우크라이나의 민속 전설을 소재로 단편을 쓰기

시작함. 6월 알로프라는 필명으로 《간스 규혜
리가르덴》을 자비로 출간함. 8월에 외국 여행
을 떠나 6주만에 돌아옴. 11월에는 하급 관리
가 됨.

1830년 2월에 하급 관리를 그만둠. 단편 소설 〈이반 크
파라의 전야〉를 익명으로 발표함.

1831년 1월에 평론 〈여성론〉을 본명으로 발표. 2월에
는 애국 여자 학원의 역사 교사가 됨. 9월 《디
카니카 근교 야화》의 1부를 출간함.

1832년 3월 《디카니카 근교 야화》 2부를 출간함. 평론
〈푸슈킨에 대한 몇 마디〉를 집필하기 시작함.

1833년 희곡 〈구혼자들〉(뒤에 〈결혼〉으로 바꿈)과 〈초
상화〉를 씀.

1834년 2월부터 10월까지 〈세계사 교수 초안〉 등 수필
다섯 편을 《문교부 편람》에 발표함. 7월에는
페테르부르크 대학 조교수로 활동함. 중편 소
설 〈타라스 부리바〉, 〈초상화〉, 〈넵스키 거리〉,
〈광인 일기〉, 〈코〉 등을 발표함.

1835년 1월에 평론 작품집 《알라베스키》, 3월에 작품
집 《미르고로드》를 출간함. 9월에는 벨렌스키
가 평론 〈러시아의 중편 소설과 고골리의 중편
소설에 대하여〉를 발표함. 10월 〈감찰관〉을 시

작해서 12월에 탈고. 대학 교수를 그만둠.

1836년	4월 〈감찰관〉이 페테르부르크에서 초연됨. 〈감찰관〉 초판본 출간. 10월에 〈코〉를 발표함.
1839년	중편 소설 〈외투〉를 집필하기 시작.
1841년	〈죽은 혼〉 1부를 완성함. 연말에 단편 〈외투〉를 완성.
1842년	미완성 중편 〈로마〉를 잡지에 발표함. 〈죽은 혼〉을 다시 고쳐 출간함. 개작한 〈초상화〉를 발표함. 12월에는 페테르부르크에서 〈결혼〉을 연극으로 공연함.
1843년	10월 〈결혼〉, 〈도박자〉, 〈날개〉, 〈외투〉, 개작 〈초상화〉, 개작 〈타라스 부리바〉 등이 포함된 작품집 네 권을 출간함.
1845년	6월에 〈죽은 혼〉 2부 원고를 불태움. 모스크바 대학 명예 교수가 됨.
1847년	1월에 《교우 서간집》을 발간함.
1848년	〈죽은 혼〉 2부를 다시 집필하기 시작함.
1852년	43세가 된 해로, 2월에 다시 쓴 〈죽은 혼〉 2부 원고를 불살라 없앤 뒤 사망함.

1 〈외투〉의 주인공인 아카키예비치가 외투에 지나친 집착을 보이는 이유가 무엇인지 함께 생각해 봅시다.

➡ 자본주의의 원리대로 소유욕을 갖고 있는 아카키예비치는 경제 활동으로 돈을 마련했고, 새 외투를 구입할 수 있었습니다. 하지만 새 외투를 아끼는 그의 마음은 소유욕이라고 하기에 지나칠 정도로 병적인 집착에 가까웠답니다. 그래서 외투를 도난 당한 후에 모든 것을 제쳐 두고 외투를 찾기 위해 돌아다녔습니다. 이 사건으로 당시 관료제의 문제점이 적나라하게 드러나는 계기가 됩니다.

2 도스토예프스키가 "우리 모두는 고골리의 〈외투〉에서 나왔다"라고 말한 이유가 무엇인지 토론해 봅시다.

➡ 〈외투〉는 어수룩한 인물을 등장시켜, 당시의 부패한 사회 구조를 생생하게 보여 주고 있으며, 학대받는 하층민의 삶의 애환과 현실의 모순을 묘사했답니다. 고골리는 푸슈킨과 더불어 러시아 근대 문학의 개척자로서, 비판적 리얼리즘의 전통을 확립했으며, 19세기 러시아 문학이 발전하는 기초를 닦기도 했습니다. "우리 모두는 고골리의 〈외투〉에서 나왔다" 라는 도스토예프스키

의 말은 이것을 두고 한 것입니다.

➡여기서의 '코'는 당시 러시아에서 행세하던 관료들의 허세나
권위를 나타낸다고 볼 수 있습니다. 그 '코'가 있을 때는 위세를
부릴 수도 있고, 여자들에게서 인기를 얻을 수도 있으며, 체면도
지킬 수가 있었습니다. 그것은 '코'가 팔등관인 주인을 떠나서 주
인보다 높은 오등관의 행세를 한 것을 보아도 쉽게 짐작할 수 있
습니다.

➡고골리는 한마디로 표현하기 곤란할 정도로 다양한 주제를
다룬 작가랍니다. 그는 여러 작품에서 고향인 우크라이나에 대한
이야기를 하기도 하고, 수도인 페테르부르크를 다루기도 했습니
다. 또한, 당시 부패한 러시아 관리들의 문제, 그들로 인해 핍박
받는 러시아 사람들의 모습은 물론 고골리 자신의 종교적인 성찰
을 보여 주었지요.
고골리는 초창기에 낭만주의적 색채가 강한 작품을 많이 썼어

요. 그러다가 자유분방한 유머를 다채롭게 구사하는 쪽으로 옮긴 그는 마침내 사실주의적 희극성을 강하게 보여 주는 길로 갔습니다. 특히 고골리의 대표적인 작품 경향은 그의 작품 세계 중 마지막 단계이며, 사실적이면서도 그로테스크하고 익살스러운 스타일을 보여 줍니다.

한편으로 고골리는 현실을 바라보는 날카로운 비판 의식, 그리고 이를 문학적으로 승화시키는 뛰어난 풍자 정신을 지니고 있었지요. 〈외투〉나 〈코〉에서 보듯이 그는 그 당시 러시아 작가들 사이에 큰 이슈로 등장한 사실주의의 문학을 더욱 발전시키고 견고히 하였답니다. 특히 그의 사실주의 문학은 당시 혼란하고 무질서한 실상을 재치가 넘치는 풍자로 당시의 현실을 날카롭게 비판했답니다.

그의 대표작 중 가장 널리 읽히고 있는 〈외투〉는 러시아 문학사에도 큰 영향을 주었답니다. 그래서 〈외투〉만으로도 러시아 사실주의 문학의 흐름을 알 수 있다고 하지요.

이 작품의 소재는 가난한 한 남자가 외투를 새로 사고 이를 잃어버림으로써 일어난 일을 다루고 있지요. 단편 소설이지만, 현실 풍자적이며 비판적인 색채가 강합니다. 더구나 사실주의 경향에 따라 쓰였다는 점도 빼놓을 수 없지요. 웃음이 나오는 내용이면서도 웃음 속에 깃든 당시 사회의 모습과 부조리를 비판적으로 보는 작가의 시선이 매섭기만 합니다.

그래서일까요? 지금까지도 이 작품은 널리 읽히고, 러시아 사실주의 문학의 대표 작품으로 불린답니다.

➡ 사실주의라는 말을 의미하는 리얼리즘(realism)은 실물을 의미하는 라틴어 레스(realis)에서 유래했답니다. 이 말은 관념과 상상의 개념과 대립되는 것으로, 철학 용어로 실재론을 의미한답니다.

사실주의 문학이란 서양의 근대 문학에서 고전주의와 낭만주의 이후에 나타난 문학 사조로, 사실을 있는 그대로 충실히 묘사하는 것을 기본 방침으로 하는 현실주의적인 경향입니다. 프랑스의 발자크와 스탕달, 러시아의 고골리, 영국의 디킨즈 등을 대표 작가로 꼽을 수 있으며, 이들이 사실주의 문학의 발전을 주도했지요. 그들은 미적이고 조화된 것을 일부러 찾아 표현하기보다는, 추악하고 불쾌한 현실을 있는 그대로 제시하는 데 주력했습니다. 관념적인 것보다는 눈에 보이는 구체적인 개성을 중시하며, 이상주의와 같이 주관적인 것이 아니라 사실적이고 객관적인 묘사를 추구했지요.

사실주의 문학은 이전 시대 낭만주의와 그 경향이 뚜렷하게 다릅니다. 사실주의는 19세기 후반 낭만주의에 반동해 프랑스에서

전개된 문예 사조입니다. 낭만주의가 개인 정서를 자유롭게 하고 주관주의 · 개인주의를 주장했는데, 사실주의는 과학적인 공평한 태도와 실증적인 객관주의 및 비개인성을 존중했지요. 낭만주의가 높고 아름다운 이상을 동경하고 그것을 추구했다면, 사실주의는 현실의 모습에 집착하고 그것을 그대로 폭로하려고 했지요. 낭만주의처럼 추상 개념이나 전통적인 편견을 모두 없애고 가식이나 과장된 기교를 거부했습니다. 더구나 사실주의는 자연 과학 정신의 영향을 받아서 작가의 직접적인 경험과 관찰을 중시했습니다.

한편, 우리나라에서 사실주의는 1919년 2월, 일본 도쿄에 유학중이던 김동인 · 주요한 · 전영택 등이 일으켰습니다. 그들은 '문학은 어디까지나 인생을 사실 그대로 표현하여야 한다' 는 순수 문학 운동으로 사실주의 문학을 옹호했습니다. 이러한 경향은 대표하는 작품으로 사실주의적 수법을 도입한 김동인의 작품과, 염상섭의 《삼대》, 현진건의 〈운수 좋은 날〉, 전영택의 《화수분》 등을 들 수 있습니다.

6. 독후감 예시하기

▌독후감 1 ▌ 고골리의 〈외투〉를 읽고

이 소설은 나의 삶의 자세에 큰 영향을 끼친 작품이다. 이 소설을 읽고 인간의 삶을 생각했고, 내 자신이 너무나도 부끄럽게 여겨졌다.

　나름대로 성실하게 남에게 폐를 끼치지 않고 살아가던 아카키예비치에게 돌아온 것은 사람들의 조롱이 섞인 비웃음과 외면이었다. 아카키 아카키예비치를 죽음으로 이끈 고관들이나 젊은 관리들의 모습에서 인간 내면에 숨겨져 있는 잔인한 본성이 느껴져서 기분이 좋지 않았다. 하지만 곰곰이 생각해 보니 지난날의 나도 이들과 다를 것이 없었다. 소외되고 형편이 어려운 사람들을 돕기보다는 항상 모르는 척 외면했기 때문이다. 더구나 나보다 못하다고 생각되는 친구들과 거리를 두고 무시했던 적도 많았다.

　아카키예비치를 진심으로 이해해 주고 걱정하는 사람이 한 사람이라도 있었다면 죽음이라는 비극적인 결말을 맺지 않았을 것이다. 또한 모두 하찮게 여기고 허름하게만 보았던 그 외투가 그에게 얼마나 중요하고 가치 있는 물건이었는지 누군가가 한 번만이라도 생각해 보았다면 주인공의 운명이 조금은 달라지지 않았을까?

　사람들은 눈에 보이는 것이 전부라고 생각한다. 지위, 재산, 외모 등 눈에 보이는 것이 아니면 믿으려고 하지 않는다. 세상에 이런 사람들만 가득하다면 또 다른 아카키예비치가 나오지 않으리라는 법은 없다. 매우 어렵고 힘든 유년 시절을 보낸 작가의 삶이 은연중에 배어나서인지 아카키예비치를 바라보는 시선이 애처롭고 가슴 아프게 느껴졌다. 또한 이 작품은 가난한 공무원을 주인

공으로 삼아 가난한 사람들의 한과 고통을 나타내어 그 시대의
사회적인 모순과 문제점을 절묘하게 풍자적으로 표현한 것 같다.

매서운 바람이 부는 추운 겨울날 내게 단 한 벌의 외투가 있다
면, 그리고 그것마저 잃어버렸다면 나는 어떤 행동을 취할까 생
각해 본다. 모든 것이 불만스럽게 보일 것이다. 내게 허름한 보호
막조차 허락하지 않는 현실 속에서 과연 죽음이라는 어두운 결말
을 피할 수 있을까 하는 의구심이 든다.

나는 사랑하는 가족과 친구들 그리고 옷장 속의 내 외투들이 있
는 한 주인공 아카키예비치를 완전히 이해하기란 불가능할 것 같
다. 하지만 한 가지 확신할 수 있는 것은 이 작품을 읽고 더 큰 눈
으로 사람들은 볼 수 있게 되었다. 나와 다른 세계에 살고 있는
줄만 알았던 소외받고 상처입은 사람들의 마음을 조금이나마 느
낄 수 있는 좋은 기회가 된 것 같아서 오히려 기쁘다.

▌독후감 2 ▌ '코'로 풍자한 세상의 부조리

고골리의 〈코〉를 읽었다. 이 소설은 짧은 내용이지만, 우리들에
게 시사하는 것이 크다. 가난한 술주정뱅이 이발사 이반 야코블
레비치는 먹으려던 빵에서 그에게 면도를 하러 오는 팔등관 코발
레프의 코를 발견했다. 그가 코를 다리에 버리려는 순간, 순경에
게 그 장면을 들키고 말았고, 무슨 짓을 했는지 추궁을 당했지만
그 이후 사건은 완전히 묻혀 버리고 말았다.

주인공 팔등관 코발레프는 아침에 자신의 코가 없어진 것을 알

았는데, 미혼으로 외모를 중시하는 그에게 코가 없어졌으니 큰 문제였다. 그는 길에서 자기 코가 예복을 입고 어느 집을 방문하고, 오등관으로 변신해 교회당에서 기도를 드리는 것을 목격하고 항의했지만 코는 오히려 그를 무시했다. 자신의 코를 찾는 광고를 신문에 내려 했지만 거절당했고, 경찰서장도 찾아갔지만 아무런 소득도 얻지 못하고, 집으로 돌아왔다. 그런데 그날 저녁에 경찰관이 코를 찾았다며 돌려주려 했는데 코가 제자리에 붙지 않았다. 의사를 불렀지만 그도 불가능하다고 했다.

또 사라진 코가 여기저기에 나타난다는 소문이 퍼졌지만 그 후로 사건은 미궁에 빠졌다. 4월 7일에 그 코가 갑자기 돌아왔고, 그 후에는 아무런 이상이 없었다.

고골리는 끝에서 이런 일이 어떻게 일어날 수 있는지 자문하지만 어떤 사람에게는 충분히 일어날 수 있는 일이라고 말한다.

이상의 내용은 현실적으로는 일어날 수 없는 것이라서 나는 어리둥절할 수밖에 없다. 그러나 가만히 생각해 보니 이 내용은 무엇인가 풍자적이고 암시적인 것이라는 생각이 들었다. 즉 당시에는 러시아가 사상이나 이념에 대해 자유롭지 못했으므로 고골리도 직접적으로 사회를 묘사하는 대신 은유적이고 풍자적인 방법을 썼을 것이라고 추측되었다.

이렇게 생각하면, 코발레프의 코는 알량한 권력을 가진 사람들의 명예나 체면을 상징하는 것 같고, 그것이 붙어 있을 때는 위선도 부리고 거들먹거릴 수 있었지만, 그것이 없어지자 고개도 들고 다닐 수가 없었음을 볼 때 그런 생각이 들었다. 또한 코는 자기 주인보다 세 등급이나 높은 오등관의 행세를 한 것으로 봐서 더욱 그렇다.

나는 이 작품을 읽고 바른 사회, 정직한 사람들이 살아가는 세상에서 정상적이고 훌륭한 작품이 나올 수 있다고 생각했다.

▌독후감 3 ▌ 러시아 사실주의 작품에 대하여

고골리의 대표작인 단편 소설 〈외투〉를 읽고 19세기 러시아 사실주의 작품들이 어떤 내용인지 궁금해졌다.

러시아는 공산 혁명으로 소비에트 연방을 세우기 전까지 유럽에서 못사는 나라 중 하나였다고 한다. 당시 러시아 정치 체제는 차르라고 일컫는 황제와 귀족 계급이 지배하고 있었으며, 관리들의 부패가 심해 국민들의 원성이 극에 달했다고 한다. 한편 농업과 공업 기술은 낙후하고, 빈부의 차가 심했으며, 문맹률이 높았다. 당시 황제인 니콜라이 1세는 사상 통제와 비밀 경찰을 동원한 탄압 정치로 전제 군주제를 강화했으므로 비판 의식이 강한 작가들로서는 이를 받아들일 수 없었다.

그들은 전제 정치의 횡포와 핍박받는 국민들의 모습을 지켜보면서 사회 비판과 체제 변혁의 의지가 강해졌다. 그들은 러시아의 국민성과 서민의 생활상에 대한 탐구는 물론 자연 경관에 대한 뛰어난 묘사와 강한 풍자성, 박애주의를 작품 안에 담았다. 이것은 전세계 독자들에게 강한 인상을 주었고, 오늘날까지도 러시아 사실주의 문학 작품은 독자들의 사랑을 받고 있다.

그럼, 당시를 대표하는 작가들과 러시아 사실주의 문학의 경향을 살펴보겠다. 러시아 사실주의 문학을 세계에 알리는 데 힘쓴 사람들이 많다. 그러나 가장 많이 알려진 작가이자 러시아 사실주의 문학을 언급할 때 반드시 짚고 넘어가야 한다는 점에서, 당시의 경향을 대표한다고 해도 과언이 아닌 세 명의 작가를 소개하겠다.

먼저 살펴볼 사람이 고골리다. 고골리는 우크라이나 출신으로, 러시아 풍자 문학의 선구자이자 러시아 사실주의 문학의 완성자라고 불린다. 그는 대표적인 작품 〈외투〉에서 러시아의 가난 문제를 처음으로 거론했고, 장편 소설 《죽은 혼》에서 농노제의 모순과 병폐를 고발했으며, 희곡인 〈검찰관〉으로 러시아 관료 사회의 부패상을 여지없이 비판했다.

두 번째로 언급할 사람이 러시아의 국민 시인으로 일컬어지는 푸슈킨이다. 농노제와 전제 군주제를 반대한 그는 소설과 시 등 여러 작품으로 러시아의 웅장하고 아름다운 자연 풍경과 러시아 사람들의 동정심 많은 심성을 잘 표현했다.

마지막으로 투르게네프를 들 수 있다. 그는 서구의 선진 사상을 러시아에 전달하면서 늘 사회 개혁을 꿈꾼 작가로, 농노 해방 전후의 시기에 신구 사상의 갈등, 사실적인 자연 풍경 묘사, 예리한 심리 묘사로 큰 인기를 얻었다.

나는 고골리의 작품을 읽으면서, 그가 산 시대의 경향을 살펴보려고 주력했다. 깊이 조사하지 못한 부분도 많지만, 그래도 이를 통해 고골리를 비롯한 러시아 사실주의 문학이 어떤 사조인지를 알게 되었고, 그것이 고골리와 어떤 연관성이 있는지도 생각하게 되었다. 이러한 자료 조사로 나는 문학 작품은 작가뿐 아니라 그 시대를 비추는 중요한 역사이라는 점과, 그것이 문학이 지닌 또 다른 의미라는 점도 새삼 깨닫게 되었다.

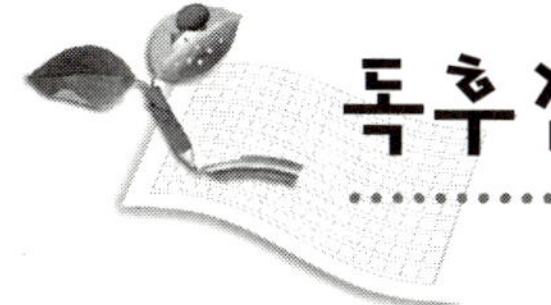 독후감

제대로 쓰기

1. 책을 읽기 전에

우리는 책을 통해서 지식을 쌓고 학문을 연마하게 됩니다. 또한 교양을 얻고 수양을 쌓게 되지요. 그리하여 즐겁고 보람 있는 생활을 할 수 있는 것입니다. 이러한 습관이 지속된다면 이것이 곧 나의 생활 자체가 되고, 책을 읽는 시간이 얼마나 가치 있고 즐거운 시간인지 깨닫게 될 것입니다.

독후감을 쓰기 위해서는 책을 읽어야 함은 말할 것도 없습니다. 그러나 아무 책이나 읽는다고 다 좋은 것은 아닙니다. 특히 중학생은 아직 양서를 구별할 만한 충분한 지식을 갖추지 못했기 때문에 선생님 혹은 부모님, 그리고 선배들이 권하는 책이나, 이미 국내적으로나 세계적으로 잘 알려진 명작이나 명저를 찾아 읽는 것이 바른 방법이라고 볼 수 있습니다. 예컨대 사회적으로 존경받을 만한 사람들의 일대기를 그린 위인전이나 자서전 같은 것은 읽을 가치가 있으며, 명시 모음집이나 명작 소설, 특정한 분야의 관찰기, 평론집 같은 것도 좋은 읽을거리가 될 수 있습니다.

그럼 효율적인 독서를 위해서 유의해야 할 점을 알아볼까요?

첫째, 본문을 읽기 전에 책의 앞부분에 있는 머리말이나 해설하는 글을 먼저 정독합니다. 그러면 책을 쓰게 된 동기나 평가 등에 대하여 잘 알 수 있게 되죠.

둘째, 목차를 잘 살펴봅니다. 목차에서 그 책의 내용이 어떻게 전개될 것인가에 대해 미리 파악할 수 있기 때문입니다.

셋째, 본문을 읽기 시작하면, 그 중에 잘 모르는 단어나 문구가 나오기 마련입니다. 그런 것은 곧 사전을 찾아 뜻을 알아두어야 합니다. 그런 것을 무시했다가는 자칫 전체를 이해하지 못하는 오류를 범할 수 있거든요.

넷째, 각 문단별로 소주제가 무엇인지를 파악하고, 그 줄거리를 요약하는 습관을 길러야 합니다. 특히 필자가 표현하려는 것과 그 뒷받침되는 내용이 무엇인지 알아내는 것이 필수겠지요.

다섯째, 글의 배경은 무엇인지, 앞뒤 맥락이 어떻게 이어지고 있는지를 잘 생각하면서 읽어야 합니다. 그리고 소설일 경우에는 주인공과 등장인물들의 성격이나 특성을 파악해야 하지요.

여섯째, 다 읽은 다음에는 줄거리를 만들어 보고, 전체적인 주제가 무엇인지 정리하는 작업도 필요합니다.

2. 책을 감상하는 방법

책을 읽을 때는 내용을 진지하게 파고들어 가며 읽어야 합니다. 즉 자기의 현재 생활과 비교해 가며 생각의 폭과 사고를 넓히는 것이 중요하답니다. 그리고 작품의 문체 · 제목 · 주제 · 논제 등도 염두에 두고 읽으면 독후감을 쓰기가 좀더 수월해집니다.

그리고 저자가 강조하고 있는 내용과 사건들이 현재 우리 사회에 어떤 의미를 가지고 있으며 어떻게 발전시켜 나가야 할 것인가를 생각하며 읽습니다. 더불어 저자가 작품에서 강조하려고 하는 것이 무엇인가를 파악하며 읽을 필요가 있습니다. 그렇다고 굉장한 부담을 느끼면서 책을 읽을 필요는 없습니다. 책 읽는 것 자체를 즐긴다면 그리 깊게 생각하지 않아도 작가가 말하려는 바를 깨닫게 될 테니까요.

그렇다면 각 문학 장르에 따라 어떤 점에 유념하여 책을 읽어야 하는지 알아볼까요?

▎소설 ▎ 작품의 주제를 파악하고 작중 인물의 성격과 배경을 생각하며 주인공이 어떻게 변화되어 가고 있는가를 염두에 두고 읽습니다. 자신의 생각이나 현실과 결부시켜 보는 것도 재미를 배가시켜 줄 거예요.

▎시 ▎ 선입견 없이 그대로 느낌을 받아들이며 읽습니다.

▎희곡 ▎ 무대 상연을 전제로 하여 쓰여진 것이기 때문에 시간적·공간적 제약을 받는다는 것을 염두에 두어야 합니다.

▎역사 소설 ▎ 인물·사건 등을 작가가 상상력에 의존하여 구성한 글로서, 항상 계몽사상이나 민족의식 고취 등 어떤 목적이 들어 있는지를 파악하며 읽어야 합니다.

▎역사 ▎ 역사는 역사 소설과는 구분지어야 합니다. 이것은 정

확한 기록으로 글쓴이의 주관적 해석이 들어 있을 수 없으며, 시간의 흐름에 따라 사건을 나열한 것임을 생각해야 합니다.

▮ 수필 ▮ 지은이의 인생관이 들어 있습니다. 심리적 부담감이 적으므로 편안한 마음으로 읽을 수 있습니다.

▮ 전기문 ▮ 인물의 정신, 자취, 시대적 배경과 사회적 환경을 먼저 파악해야 합니다.

▮ 과학 도서 ▮ 미지의 세계에 대한 탐구심, 합리적 사고력 배양, 지식과 정보의 입수, 창의력을 기르는 데 도움이 되므로 평소 이에 대한 흥미를 갖는 것이 중요합니다.

③. 독후감이란 무엇인가?

독후감은 말 그대로 어떤 글이나 책을 읽고, 그에 대한 느낌이나 생각을 쓰는 것입니다. 좋은 책을 읽고 그것을 정리해 두지 않는다면 곧 그 내용을 잊어버려, 독서를 한 만큼의 가치를 얻지 못할 수도 있으니까요. 그러므로 한 권의 책을 읽으면 곧 그 책의 내용을 정리하고, 느낌이나 생각을 적어 두는 것이 좋습니다.

독후감은 느낌이나 생각을 거짓 없이 써야 하나, 그렇다고 아무렇게나 써도 되는 것은 아닙니다. 즉 독후감도 글이므로 수필의 형식으로 쓰든, 논술의 형식으로 쓰든, 정확하게 읽고 주제와 내용에 맞게 써야 함은 물론이죠. 아무리 좋은 글이나 책이라도, 잘 못 읽어 실제와 맞지 않는 생각이나 느낌을 쓰면 좋은 독후감이라고 할 수 없거든요. 그러므로 좋은 독후감을 쓰려면 독서를 잘해야 한다는 것이 전제됩니다. 독서를 잘하는 방법은 따로 있는게 아니라, 그저 많이 읽다 보면 요령이 생기고, 이해도 쉽게 되며, 능률도 오르게 되는 것입니다.

 4. 독후감은 왜 쓰는가?

독후감을 쓰는 목적은 독후감을 작성함으로써 독서하는 능력이 향상되고 글 쓰는 훈련을 할 수 있기 때문입니다. 그러므로 독후감을 쓰기 위해 책을 읽으면 보다 깊은 생각을 하면서 책을 읽게 됩니다. 또한 책을 통해 생활을 반성하며, 책에서 얻은 지식과 감명을 음미하여 자기 생활에 적용시킬 수 있습니다. 문장력과 논리적 사고가 향상되는 것은 물론이고요! 그럼 독후감을 왜 쓰는지 다음과 같이 정리해 볼까요?

1 읽은 책의 내용을 되살려 다시 음미해 볼 수 있습니다.

2 감동을 간직하고 책 읽는 보람을 얻을 수 있습니다.

3 책을 통해 지식을 심화시킬 수 있습니다.

4 책을 통해 자신의 문제를 연관지어 볼 수 있습니다.

⑤ 글을 써 봄으로 해서 생각을 깊이 있게 할 수 있습니다.

⑥ 독서 목표를 확실히 할 수 있습니다.

⑦ 작품에 대한 비판력과 변별력을 기를 수 있습니다.

⑧ 생각을 조리 있게 쓸 수 있는 작문력을 향상시켜 줍니다.

⑨ 사고력과 논리력, 추리력을 기를 수 있습니다.

⑩ 바르게 책을 읽는 습관을 형성할 수 있습니다.

 5. 독후감을 쓰기 전에 생각하기

독후감은 수필의 형식이든 논술의 형식으로든 쓸 수 있다고 했는데, 사실 이 둘의 차이는 모호합니다. 다만, 수필이 자유롭게 붓 가는 대로 쓰는 것이라면 논술은 논리 정연하게 쓴다는 점이 다르다고 할 수 있습니다.

붓 가는 대로 자유롭게 수필의 형식으로 쓰는 독후감이라도 글의 앞뒤가 맞지 않는다든지, 주제가 통일되지 않으면 좋은 평가를 받을 수 없습니다. 논리 정연하게 쓰는 독후감이라면, 서론·본론·결론으로 나누어 서술해야 함은 물론이구요.

서론에 해당되는 부분에서는 그 책에 대한 소개나 쓴 사람의 생애, 또는 특기할 만한 일화 같은 것을 적는 것이 일반적입니다.

본론에 해당하는 부분에서는 그 책을 읽고 특별히 다루려는 내용을 체계적이고 구체적으로 써야 합니다.

결론에서는 본론에서 다룬 내용을 요약하거나, 자신이 읽은 후의 감상, 그 책의 좋은 점, 나쁜 점 등을 들어서 마무리를 해야 합니다.

독후감은 짧게 쓰는 것이 상례이므로, 작품 전체를 거론하기보다는 특정한 주제를 잡아서 쓰는 것이 좋습니다. 보편적으로 다룰 수 있는 몇 가지 주제를 제시해 보면 다음과 같습니다.

첫째, 작가의 의식이나 주인공의 언행, 성격과 연관지어 주제를 구현시키는 방법입니다. 문학 작품이라면 주제가 애정이나 애국, 의리나 배반일 수 있으므로 이러한 점에 초점을 두고 써야겠지요. 또한 과학에 관계된 것이라면, 그 발명의 의의나 연구자의 노력과 관련시켜 서술해야 하겠지요.

둘째, 저자의 이념이나 생애, 업적에 관심을 두고 쓰는 방법입니다.

그 작품을 통하여 알 수 있는 저자의 철학이나 사상 또는 저자가 그 작품을 남기기까지의 역경이나 작품을 쓰게 된 동기, 작품의 가치나 다른 작품에 미친 영향 등 작품과 연관시켜 쓰는 것이지요.

셋째, 작품의 내용을 중심으로 기술합니다

예컨대, 작품 속 주인공의 성격을 분석하거나 다른 사람과 비교해 볼 수도 있고, 그 작품의 사건이나 시대적 배경을 논의하거나,

작품의 구성 같은 것에 초점을 두고 이야기할 수도 있습니다.

이와 같이 작품을 읽기 전에 먼저 어떤 점에 중점을 두고 독후감을 쓸 것인가를 염두에 둔다면, 그렇지 않은 경우보다 훨씬 이해가 쉽고, 나중에 독후감을 쓰는 데도 도움이 될 것입니다.

 6. 독후감의 여러 가지 유형

1. 처음에 결론부터 쓴 다음 왜 그러한 결론이 도출되었는지 감상을 자세하게 쓰거나, 감상을 먼저 쓰고 결론을 씁니다.

2. 책을 읽게 된 동기부터 설명하고 글 중간에 자기의 감상을 씁니다.

3. 저자나 친구에 대한 편지 형식으로 감상을 쓰거나 주인공에게 대화 형식으로 씁니다.

4. 시(詩)의 형태로 감상문을 씁니다.

5. 대화문(對話文) 형식으로 씁니다.

6. 줄거리부터 요약한 다음 자기의 느낌이나 생각을 씁니다.

 **독후감을 구체적으로 쓰는 방법**

어렵게 쓰겠다는 생각은 하지 말고 쉽게 써야겠다는 마음가짐을 가져야 좋은 글이 나올 수 있습니다. 그리고 무엇보다 감상문을 쓰기 전에 무엇을 어떻게 쓸까 조목별로 골자를 먼저 쓰고, 이 골자에 살을 붙이는 방법으로 쓰려고 노력해야 합니다. 이때 의도적으로 아름답게 잘 쓰려고 하지 않는 것이 좋습니다. 자, 그럼 더 자세하게 알아볼까요?

1. 먼저 제목을 붙입니다.

2. 처음 부분(머리글)을 씁니다.

   ⑊ 책을 읽게 된 이유나 책을 대했을 때의 느낌을 씁니다.

   ⑊ 자신의 생활 경험과 관련지어 써 봅니다.

   ⑊ 제일 감동받은 부분을 씁니다.

   ⑊ 지은이나 주인공을 소개하는 글을 씁니다.

3. 가운데 부분을 씁니다.

   ⑊ 자기의 생활과 견주어 씁니다.

   ⑊ 주인공과 나의 경우를 비교해서 씁니다.

   ⑊ 시시비비를 분명히 가려야 합니다.

   ⑊ 가장 극적이었던 부분을 소개합니다.

4. 끝부분을 씁니다.

   ⑊ 자신의 느낌을 정리합니다.

⫸ 자신의 각오를 씁니다.

독후감을 쓴 다음에는 다음과 같은 추고의 과정이 필요합니다.

첫째, 쓴 글을 다시 한 번 읽으면서 맞춤법이나 표준어 규정에 어긋나는 것은 없는지 살펴봐야 합니다.

둘째, 문장이 잘 구성되어 있는지, 또 문단이 잘 짜여져 있는지 알아보아야 합니다. 한 문단에는 소주제문과 보조문들이 있어야 하는데, 그런 점이 잘 지켜져 있는지 유의해야 합니다.

셋째, 글 전체의 구성이 잘 이루어졌는지 살펴봅니다. 예를 들어 서론에 해당하는 부분이 지나치게 길다든지, 결론에 해당하는 부분이 너무 짧다든지, 전체적인 구성이 균형을 잃고 있다면 다시 고쳐 써야 하겠지요.

우리가 시간을 들여 열심히 책을 읽고 난 후 독후감을 잘 쓰기 위해서는 책을 읽고 있는 동안의 느낌을 잊지 않고 글로써 표현할 줄 알아야 하며, 책을 읽고 가장 감명받은 부분을 기억하고 있어야 합니다. 또한 다른 사람들은 어떻게 독후감을 썼는지 남의 것을 읽어 보고, 자신의 것과 비교해 보며 자주 글을 써 보는 것이 중요합니다. 그렇게 하다 보면 자신만의 개성 있는 필치로 독특한 감상문을 쓸 수 있게 되지요. 학교에서 아무리 독후감 숙제를 내주어도 부담없이 즐거운 기분으로 끝낼 수 있을 겁니다!

8. 그 밖에 알아두면 유익한 것들

▌독후감 쓰기 10대 원칙 ▌

1. 자신의 수준에 맞는 책을 선택합시다.

2. 독후감 쓰는 형식이 있기는 하지만 너무 거기에 구애받을 필요는 없습니다.

3. 자신이 작가라면 어떻게 글을 이끌어갈지를 생각하며 읽어 봅시다.

4. 평소 음악 평론이나 영화 평론을 많이 읽어 봅시다.

5. 읽으면서 마음에 와닿는 것이 있다면 따로 적어 둡시다.

6. 현대 사회의 문제점과 비교하면서 읽어 봅시다.

7. 모르는 것이 있으면 적어 두는 습관을 기릅시다.

8. 신문 사설이나 칼럼을 스크랩해서 필요할 때 사용합시다.

9. 요약하는 데에만 집착하지 말고 제대로 책을 읽읍시다.

10. 읽은 후에는 꼭 독후감을 직접 써 봅시다.

▌책을 읽는 10가지 방법 ▌

1. 아주 어릴 때부터 책과 친하게 지내는 습관을 기릅시다.

2. 너무 속독하려 하지 말고 담겨진 내용을 충실히 읽는 습관을 기릅시다.

3. 항상 작품이 나와 어떠한 상관 관계가 있는지 체크를 해 가

며 읽읍시다.

4. 무조건 책장을 넘길 것이 아니라 시시비비를 가려 가면서 읽읍시다.

5. 매일매일 조금씩이라도 책을 읽는 습관을 들입시다.

6. 책 속에 담긴 뜻을 음미하고 되새기면서 읽읍시다.

7. 너무 자신의 취향에 맞는 책만 읽지 말고 다양한 장르의 책을 골고루 읽도록 합시다.

8. 책 속에 담겨진 교훈을 깊이 생각하고 생활에 적용시킵시다.

9. 책에 따라 읽는 방법을 달리하는 습관을 들입시다. 모든 책이 만화책은 아니기 때문이죠.

10. 바른 자세로 앉아 눈과의 거리를 30cm 두고 밝은 곳에서 읽읍시다.

9. 원고지 제대로 사용하기

▌제목 및 첫 장 쓰기 ▌

1. 제목은 석 줄을 잡아 둘째 줄 가운데에 씁니다.

2. 1행 2칸부터 글의 종별을 표시합니다. 가령 수필이면 '수필'이라고 씁니다. 간혹 글의 종별을 비워 두는 경우가 많은데 이는 적는 것을 잊었거나, 원고지 사용법에 무관심하기 때문입니다.

3. 제목을 쓸 때에는 마침표를 찍지 않고, 물음표와 느낌표는 붙이지 않는 것이 좋습니다.

4. 제목에 줄임표는 사용하지 않는 것이 상례입니다.

5. 이름은 넷째 줄 끝에 두 칸 정도를 남기고 씁니다. 특별한 경우에는 서너 칸을 남겨도 됩니다.

6. 성과 이름은 붙여 씁니다. 다만, 성과 이름을 분명히 구별할 필요가 있을 경우에는 띄어 쓸 수 있습니다. 예) 임채후(○), 남궁석(○), 남궁 석(○)

7. 본문은 여섯째 줄부터 쓰는 것이 좋습니다. 단, 특수한 작문인 경우는 넷째 줄부터 본문을 시작해도 상관없습니다.

8. 학교 이름이나 주소가 길 경우에는 세 줄로 쓸 수 있습니다.

9. 주소는 보통 표제지에 기재하고 원고지 첫 장에는 제목과 성명만 간단하게 적는 것이 상례입니다.

10. 성명의 각 글자는 시각적 효과를 위해 널찍하게 한두 칸씩 비워 써도 무방합니다.

11. 학교 앞에 지명을 기입할 때는 학교명을 모두 붙여 써서 지명과 학교명의 구분을 명확히 해 주는 것이 좋습니다.

▮ 첫 칸 비우기 ▮

1. 각 문단이 시작될 때는 첫 칸을 비우고 씁니다.

2. 대화체의 경우는 첫 칸을 비우고 씁니다.

3. 인용문이 길 때는 행을 따로 잡아 쓰되, 인용 부분 전체를 한 칸 들여서 씁니다.

4. 첫째, 둘째, 셋째 등으로 이야기를 전개해야 할 때는 시작할 때마다 첫 칸을 비울 수 있습니다. 단, 그 길이가 길거나 제시된 내용을 선명하게 하고자 할 때 비워 둡니다.

5. 시는 처음 두 칸 정도 줄마다 비우고 씁니다.

▌줄 바꾸기 ▌

1. 문단이 바뀔 때는 줄을 바꾸어 씁니다.

2. 대화는 줄을 새로 잡아 씁니다.

3. 인용문을 시작할 때는 줄을 바꾸어 씁니다. 단, 그 길이가 길 때 한해서입니다.

4. 대화나 인용문 뒤에 이어지는 지문은 글이 다시 시작되는 것이므로 한 칸을 들여 씁니다. 단, 이어 받는 말로 시작되는 지문은 첫 칸부터 씁니다.

▌문장 부호 및 아라비아 숫자, 영문자 ▌

1. 문장 부호는 한 칸에 하나씩 넣는 것이 원칙입니다.

2. 아라바아 숫자는 한 칸에 두 자씩 넣습니다.

3. 한자(漢字)로 쓸 때는 띄어 쓰지 않습니다. 그러나 한자와 한글이 함께 쓰이면 띄어 쓰기를 합니다.

4. 마침표(.)와 쉼표(,) 다음에는 통례상 한 칸을 비우지 않으며, 느낌표(!), 물음표(?) 다음에는 통례상 한 칸을 비웁니다.

5. 행의 첫 칸에는 문장 부호를 쓰지 않습니다. 첫 칸에 문장 부호를 써야 할 경우는 그 바로 윗줄의 마지막 칸에 글자와 함께 씁니다.

6. 영문자의 경우, 대문자는 한 칸에 한 글자, 소문자는 한 칸에 두 글자씩 넣습니다.

10. 문장 부호 바로 알고 쓰기

1. 마침표 : 문장을 끝마치고 찍는 문장 부호로 온점(.), 물음표(?), 느낌표(!)를 이르는 말입니다.

2. 쉼표 : 문장 중간에 찍는 반점(,) 가운뎃점(·) 쌍점(:) 빗금(/)을 이르는 말입니다.

3. 따옴표 : 대화, 인용, 특별어구를 나타낼 때 쓰는 문장 부호로 큰따옴표(" ")와 작은따옴표(' ')를 씁니다.

4. 그 밖의 문장 부호 : 물결표(~)는 '내지(얼마에서 얼마까지)'라는 뜻에 씁니다. 줄임표(……)는 할말을 줄였을 때와 말이 없음을 나타낼 때 씁니다.

11. 마치며

  초등학교나 중학교에서는 독후감이라는 말을 사용하지만 고등학교에 가게 되면 독후감이라는 말보다는 아마 논술이라는 말을 더 많이 쓰고 더 많이 듣게 될 것입니다. 논술이란 말 그대로 어떠한 논제를 가지고 논리적으로 서술하는 것을 말하는데, 이는 하루아침에 이루어지지 않습니다. 다양한 분야의 많은 것을 폭넓고 깊이 있게 알고, 주관을 뚜렷이 할 때만이 논술을 잘 쓰게 되는 것이지요. 그러기 위해서는 중학교 시절부터 많은 책을 읽어 보고 스스로 글을 써 보는 훈련을 하는 것이 중요합니다.

  실제로 고등학교에 가면 교과목 공부에도 시간이 모자라 제대로 책을 읽을 시간이 없거든요. 무엇을 알아야 글을 쓸 것이고, 자신의 주장을 피력할 것 아니겠어요? 그러니 중학생 시절부터 좋은 책을 많이 읽어 보고, 생각해 보며, 글을 써 보는 노력을 하는 것이 여러분의 미래를 더욱 밝게 해줄 것입니다. 아마 그렇게 한 사람은 그렇지 않은 사람보다 10리쯤 앞서 나가지 않을까 생각되는데 여러분 생각은 어떠세요?

┃성 낙 수┃
한국교원대 교수, 연세대학교 졸업, 동 대학원에서 석사·박사 학위 받음.

┃임 현 옥┃
부여여자고등학교 교사, 공주대학교 졸업, 한국교원대학교 대학원에 재학중.

┃이 승 후┃
경주 감포중학교 교사, 영남대학교 졸업, 현재 한국교원대학교 대학원에 재학중.

판 권
본 사
소 유

중학생이 보는

외투

초판 1쇄 발행 2004년 5월 5일
초판 14쇄 발행 2019년 5월 30일

엮 은 이   성낙수·임현옥·이승후
지 은 이   고 골 리
옮 긴 이   동   완
펴 낸 이   신 원 영
펴 낸 곳   (주)신원문화사

주   소   서울시 구로구 가마산로 27길 14(신원빌딩 10층)
전   화   3664-2131~4
팩   스   3664-2130

출판등록   1976년 9월 16일 제5-68호

＊잘못된 책은 바꾸어 드립니다.

ISBN 89-359-1185-2 43890